A ILHA PERDIDA

Maria José Dupré

Ilustrações **Edmundo Rodrigues**

A ilha perdida
© Maria José Dupré, 1973

Editor	*Fernando Paixão*
Editora assistente	*Carmen Lucia Campos*
Coordenadoras de revisão	*Sandra Brazil*
	Ivany Picasso Batista
Revisoras	*Luciene Ruzzi Brocchi*
	Márcio Araújo
	Luciene Lima

ARTE
Editor	*Marcello Araujo*
Editora assistente	*Suzana Laub*
Editoração eletrônica	*Exata editoração*
	Antonio Ubirajara Domiencio
Ilustração do personagem Vaga-Lume	*Eduardo Carlos Pereira*

ESTE LIVRO APRESENTA O MESMO TEXTO DAS EDIÇÕES ANTERIORES

CIP-BRASIL. CATALOGAÇÃO NA FONTE
SINDICATO NACIONAL DOS EDITORES DE LIVROS, RJ

D947i
39.ed.

Dupré, Maria José, 1898-1984
 A ilha perdida / Maria José Dupré ; ilustrações Edmundo Rodrigues. - 39.ed. - São Paulo : Ática, 2000.
 136p. : il. - (Vaga-Lume Júnior)

 Contém suplemento de atividades
 ISBN 978-85-08-07043-5

 1. Ficção infantojuvenil brasileira. I. Rodrigues, Edmundo. II. Título. III. Série.

09-5114. CDD: 028.5
  CDU: 087.5

ISBN 978 85 08 07043-5 (aluno)
ISBN 978 85 08 07044-2 (professor)
Código da obra CL 731356
CAE: 221634 - AL

2017
39ª edição
25ª impressão
Impressão e acabamento: Bartira

Todos os direitos reservados pela Editora Ática S.A.
Avenida das Nações Unidas, 7.221 – Pinheiros
CEP 05425-902 – São Paulo – SP
www.aticascipione.com.br

Tel.: (0xx11) 4003-3061
atendimento@aticascipione.com.br

IMPORTANTE: Ao comprar um livro, você remunera e reconhece o trabalho do autor e o de muitos outros profissionais envolvidos na produção editorial e na comercialização das obras: editores, revisores, diagramadores, ilustradores, gráficos, divulgadores, distribuidores, livreiros, entre outros. Ajude-nos a combater a cópia ilegal! Ela gera desemprego, prejudica a difusão da cultura e encarece os livros que você compra.

A ILHA PERDIDA

Conhecendo
Maria José Dupré

Maria José Dupré nasceu em 1898, em Ribeirão Claro, interior do Paraná. Aprendeu a ler com a mãe e o irmão. Mais tarde estudou música e pintura.

Mudou-se para a capital, formou-se professora e deu aulas até se casar. Depois começou a escrever. Publicou vários livros que fizeram grande sucesso, dentre eles o romance Éramos seis (literatura adulta) e a coleção Cachorrinho Samba (literatura infantojuvenil). Faleceu em 1984.

Sumário

1. **A Ilha Perdida** — 7

2. **Na ilha** — 20

3. **A noite na ilha** — 28

4. **A enchente** — 35

5. **Abandonados** — 43

6. **A ilha tinha habitantes** — 50

7. **Henrique pensa que está sonhando** — 57

8. **A estranha vida do homem barbudo** — 61

9. **No mundo da macacada** — 68

10. **Henrique continua prisioneiro** — 80

11. **Morte na ilha** — 87

12. **A volta** — 98

13. **As histórias de Henrique** — 112

14. **Vera e Lúcia, Pingo e Pipoca chegam à fazenda** — 117

15. **A expedição** — 121

16. **Henrique sente saudades** — 128

1 *A Ilha Perdida*

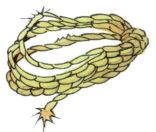

Na fazenda do Padrinho, perto de Taubaté, onde Vera e Lúcia gostavam de passar as férias, corre o rio Paraíba. Rio imenso, silencioso e de águas barrentas. Ao atravessar a fazenda ele fazia uma grande curva para a direita e desaparecia atrás da mata. Mas, subindo-se ao morro mais alto da fazenda, tornava-se a avistá-lo a uns dois quilômetros de distância e nesse lugar, bem no meio do rio, via-se uma ilha que na fazenda chamavam de Ilha Perdida. Solitária e verdejante, parecia mesmo perdida entre as águas volumosas.

Quico e Oscar, os dois filhos do Padrinho, ficavam horas inteiras sentados no alto do morro e conversando a respeito da ilha. Quem viveria lá? Seria habitada? Teria algum bicho escondido na mata? Assim a distância, parecia cheia de mistérios, sob as copas altíssimas das árvores; e as árvores eram tão juntas umas das outras que davam a impressão de que não se poderia caminhar entre elas. Oscar suspirava e dizia:

— Se algum dia eu puder ver a ilha de perto, vou mesmo.

Quico perguntava:

— Não tem medo? E se tiver alguma onça morando lá?

— Onça? Não pode ter. Como é que onça vai parar lá no meio do rio?

— Nadando. Ouvi dizer que onça nada muito bem.

Oscar respondia, pensativo:

— Pode ser. Todos os bichos sabem nadar, só a gente precisa aprender; mas eu queria ver o que há na ilha. Falam tanta coisa...

E ficavam olhando a Ilha Perdida. Se falavam com o pai, este prometia:

— Quando forem mais velhos, faremos uma excursão à ilha. Arranjaremos canoas apropriadas e iremos até lá.

Os dois meninos chegavam muitas vezes a sonhar com a ilha.

Por ocasião de umas férias, justamente em fins de novembro, chegaram à fazenda Henrique e Eduardo, os dois primos mais velhos de Oscar e Quico. Eram dois meninos de doze e catorze anos, fortes e valentes. Montavam muito bem e sabiam nadar. Logo nos primeiros dias, percorreram sozinhos grande parte da fazenda; subiram e desceram morros, andaram por toda parte e ao verem o riozinho, onde Vera e Lúcia tinham ido pescar uma vez com Padrinho, apelidaram-no de "filhote do Paraíba".

Madrinha avisava:

— Vocês não devem andar tão longe de casa; de repente não sabem mais voltar e perdem-se por aí.

Eles riam-se e diziam que não havia perigo; continuavam a dar grandes passeios e, quando ouviam o sino dar badaladas, tratavam de voltar depressa. No terraço da casa havia um grande sino que Padrinho costumava tocar todas as manhãs; dizia que era para acordar os dorminhocos, mas quando Henrique e Eduardo demoravam um pouco mais nas caminhadas Padrinho tocava três badaladas, conforme haviam combinado, e eles já sabiam que deviam regressar.

Uma tarde os quatro meninos ficaram no alto do morro olhando a Ilha Perdida. Como seria bom se tivessem uma canoa e pudessem ir ver o que havia na ilha. Eduardo, de espírito mais prático, foi logo dizendo:

— Que pode haver lá? Árvores, cipós, ninhos de passarinhos...

Henrique, com a mão no queixo, olhava pensativo em direção da ilha. Depois disse:

— Vou ver se arranjo uma canoa por aí, nem que seja emprestada ou alugada. Impossível que ninguém tenha uma canoa; eu sei remar, aprendi em Santo Amaro com uns primos.

Os olhos de Quico brilharam de contentamento:
— Você sabe mesmo remar?
Oscar disse uma frase que esfriou o entusiasmo de todos:
— Nem pensem nisso, papai não deixa. Já pedi muitas vezes e ele não deixa.
Continuaram a olhar o rio. Henrique perguntou:
— Por que chamam de Ilha Perdida?
Quico explicou:
— Ninguém sabe direito. Decerto porque parece mesmo perdida no meio do rio. Quando viemos para cá, já a chamavam assim. O Bento disse uma vez que morava gente lá, mas não acredito. Acho que é boato, mas os moradores daqui dizem isso.
Os primos ficaram mais interessados:
— Quem mora lá? Será possível? Chame o Bento para perguntar.
Bento era o filho da cozinheira Eufrosina. Quico e Oscar começaram a gritar com toda a força:
— Bento! Oh! Bento! Vem cá!
Ouviram uma voz lá embaixo do morro respondendo:
— Já vou!
Bento estava recolhendo os bezerrinhos do pasto; quando acabou o serviço, subiu o morro bem devagar, cansado, suarento e mastigando um capim. Encontrou os quatro meninos sentados no chão e conversando a respeito do rio.
Henrique perguntou:
— Bento, você sabe se mora gente naquela ilha?
Bento olhou em direção da ilha e coçou a testa:
— Há muito tempo ouvi dizer que morava lá um homem ruim, mas nunca vi nada, não sei se é verdade.
Eduardo levantou-se e chegou mais perto de Bento:
— Você nunca viu mesmo nada? Nem um sinal de que há gente lá?

Bento hesitou, olhou o chão, tirou o capinzinho da boca e falou:

— Pra dizer a verdade, um dia eu vi uma coisa lá...

Os quatro entreolharam-se. Quico pediu:

— O que foi? Conte, conte.

— Vi uma fumacinha saindo do meio daquelas árvores mais altas lá bem à direita, estão vendo? Daquele lugarzinho vi uma vez sair fumaça.

— Só uma vez? Veja se lembra, Bento.

— Só uma vez, mas era uma fumaça comprida que ia subindo, subindo até as nuvens.

Oscar perguntou:

— E você não teve vontade de ir ver o que era?

— Eu ainda era pequeno, nem pensei nisso. Vocês nesse tempo ainda estavam em São Paulo, não tinham vindo para cá.

Quico disse:

— E por que não nos contou isso antes?

Bento respondeu:

— Ué! Nunca ninguém perguntou nada. Agora perguntaram, respondi.

Desse dia em diante, Henrique e Eduardo não falaram mais na ilha, mas não pensavam noutra coisa. Durante o dia, passeavam pelas margens do rio explorando todos os recantos. Alimentavam um único desejo: seguir aquele grande rio e ver a ilha de perto. Quando Quico e Oscar convidavam os primos para irem até o riozinho, eles iam, mas não achavam graça; não gostavam do "filhote do Paraíba". Achavam insignificante aquele riozinho sapeca que dava mil voltas antes de ser engolido pelo grande rio. Um dia Henrique, que andara sozinho até mais abaixo da fazenda, voltou nervoso para casa e segredou ao ouvido de Eduardo:

— Descobri uma canoa velha amarrada lá embaixo na curva grande. Parece abandonada.

Eduardo, que estava saboreando um pedaço de goiabada com queijo, quase engasgou de emoção:

— Não diga! Estará boa para navegar?

— Não examinei muito bem; corri primeiro para avisar você.

— Então vamos ver.

Saíram correndo para o lado do rio; nem ouviram a voz da Madrinha:

— Não demorem muito, parece que vem chuva.

Pulando moitas, desviando-se dos galhos dos arbustos, subindo e descendo barrancos, os dois meninos foram ver a canoa amarrada na margem do rio. Eduardo foi dizendo pelo caminho:

— Não conte a ninguém a história da canoa; se Oscar e Quico souberem, vão contar ao Padrinho e não se pode fazer mais nada.

— Não conto nada, nem ao Bento.

— Nem ao Bento.

O coração de ambos batia, apressado. Iriam ver, enfim, a ilha verdejante do meio do rio? Aquela ilha tão bonita com tantas árvores, tanta folhagem, tanta beleza?

Devia estar cheia de papagaios, verde de periquitos, enfeitada de flores. Impossível que ali vivesse algum homem ruim; homens ruins não vivem em lugares bonitos como aquele.

Quando chegaram ao lado da canoa, ficaram extasiados, imaginando o passeio que dariam até a ilha. Eduardo observou:

— Está bem velha, Henrique; é capaz de encher d'água.

— Qual! — replicou Henrique. — Eu acho que está bem boa. A gente pode calafetar os lugares onde ela está estragada.

Inclinaram-se e começaram a olhar o fundo da canoa. Henrique pulou para dentro dela e, equilibrando-se, começou a rir:

— Ih! Que bom! Agora, sim, daremos belos passeios.

Eduardo era mais calmo:

— Espera, Henrique. Temos que arranjar muita coisa antes: arrumar cola para tapar os buracos, levar comida para passar o dia inteiro...

— É mesmo, nem me lembrava disso.

— Precisamos de uma caixa de fósforos para acender fogo.

— Isso eu peço pra Eufrosina; a comida também peço pra ela.

— Não vá fazer as coisas de maneira que eles descubram tudo...

— Não há perigo.

Eduardo continuou:

— Temos que levar uma lata com água para beber.

— Água? Pois não há tanta água no rio?

— Mas precisamos de água pura; essa água do rio deve ser suja, é tão escura. Temos que levar também faca ou canivete.

— Levo meu canivete. E o principal é não contar nada lá na fazenda; se desconfiarem de alguma coisa, não nos deixam ir.

— Naturalmente não se conta nada, nem deixamos que eles desconfiem.

Meia hora depois, voltaram para casa, ainda excitados com a novidade. Não dormiram bem durante a noite; Henrique acordou Eduardo duas vezes para perguntar se a canoa não teria dono.

Tinham resolvido seguir para a ilha na terça-feira e estavam ainda no domingo. Precisavam preparar tudo no dia seguinte.

Na segunda-feira de manhã bem cedo, Henrique teve uma ideia: tirar a canoa do lugar onde estava e escondê-la mais longe; assim, se alguém a procurasse, não a acharia mais. Foram para lá e com grande dificuldade tentaram puxá-la para terra, mas não conseguiram; então resolveram cortar muitos galhos de árvore e cobriram-na para que ninguém a encontrasse. Foram depois falar com Nhô Quim, o homem que lidava com as vacas no estábulo. Ele estava limpando as unhas com a ponta do facão. Eduardo falou:

— Nhô Quim, viemos pedir um favor ao senhor.

Ele enfiou o facão no cinto de couro:

— Que é que estão querendo?

Henrique foi dizendo:

— Uma corda boa, dessas com que o senhor amarra bezerro.

— Gentes, para que querem uma corda?

Eduardo piscou para Henrique e falou:

— Queremos fazer um balanço numa árvore do pomar.

Nhô Quim observou:

— Só falando com o patrão; não posso dar corda assim sem mais nem menos.

Eduardo pediu:

— Ora, Nhô Quim, faça esse favor. Não precisa ser corda muito nova, uma velha mesmo serve; a gente emenda os pedaços ruins.

Pacientemente, Nhô Quim tornou a tirar o facão do cinto, picou fumo bem miudinho para um cigarro de palha e enrolou-o enquanto ouvia as súplicas dos dois meninos. Depois disse:

— Se não importam que a corda seja velha, levem essa que está aí na cerca. Pra alguma coisa ela serve.

— Muito obrigado, Nhô Quim. Muito obrigado.

A corda estava arranjada. Durante a noite, haviam lembrado que, para tapar os buracos da canoa, era preciso estopa e piche. Muitas vezes tinham visto a lata de piche encostada num canto da casa; servia para passar no terreiro onde espalhavam o café. Mas onde arranjar um pedaço de estopa? Foram à cozinha. Eufrosina estava preparando o almoço; Henrique falou primeiro:

— Eufrosina, você tem aí um pedaço de estopa velha? É para enrolar uma avenca muito bonita que encontramos na beira do rio.

Eufrosina voltou-se, despejou na palma da mão um pouco do caldo que estava mexendo e provou estalando a língua:

— Para embrulhar avenca não se precisa estopa. Espere aí que dou um pedaço de pano velho.

Eduardo olhou para Henrique; Eufrosina tornou a provar o caldo e a estalar a língua. Eduardo falou, resoluto:

— Queremos estopa mesmo; se não, não serve. Será que você não arranja? De algum saco velho?

Ela perguntou:

— Não será para alguma reinação? Vejam lá.

— Que ideia, Eufrosina!

— Só depois do almoço, agora estou ocupada.

— Mas onde estão os sacos velhos? Diga só.

— Vão ver na despensa; agora estou ocupada. Que meninos terríveis!

Os dois correram para a despensa e tiraram um grande pedaço de estopa. Levaram para a beira do rio e esconderam-no lá. Só depois do almoço foram tapar os buracos da canoa. Calafetaram tudo muito bem e passaram piche por cima. Havia dois remos, mas um estava quebrado; Henrique emendou-o como pôde. Passaram a tarde toda nesse serviço e, depois de terem coberto a canoa com galhos de árvore, voltaram para casa, entusiasmados com o trabalho que julgavam feito com tanta perfeição.

Durante o jantar, pediram licença aos padrinhos para no dia seguinte visitarem o fazendeiro vizinho; era um velho que morava a alguns quilômetros de distância. Costumavam ir lá de quando em quando. Padrinho perguntou se queriam ir a cavalo; Eduardo corou e respondeu que iriam mesmo a pé, queriam fazer uma excursão; só pediam alguns ovos cozidos para comerem no caminho. Madrinha deu ordem à Eufrosina para, no dia seguinte bem cedo, preparar um leve almoço para os meninos. Quico e Oscar pediram para ir também, mas Madrinha disse que não; era muito longe, iriam a cavalo num outro dia. Quando se recolheram ao quarto, Eduardo estava sentindo remorso por enganar os padrinhos; falou a Henrique:

— Quem sabe é melhor contar tudo ao Padrinho; estamos pregando tantas mentiras. Eles podem ficar aflitos quando souberem a verdade...

Henrique riu-se:

— Será que você está com medo? Sairemos bem cedo e voltaremos à tarde; eles nem saberão de nada. Contaremos depois que voltarmos; é questão de algumas horas apenas. Se está com medo, não vá; sei remar muito bem, vou sozinho.

Eduardo não respondeu e tratou de dormir; mas nenhum dos dois dormiu naquela noite; levantaram de madrugada e foram à cozinha. Lá estava Eufrosina preparando o almoço para eles levarem: linguiça frita, ovos cozidos, pão, queijo e laranjada. Eufrosina fez um grande pacote e deu-lhes também uma garrafa de água. Despediram-se da boa preta e desceram o morro em direção ao rio.

Lá estava a canoa preparada na véspera, bem calafetada, a corda embrulhada num canto. Colocaram o almoço no fundo e Henrique preparou-se para conduzi-la rio abaixo. Olharam o Paraíba; estava calmo e as águas espumavam nas margens. Eduardo observou:

— O rio parece que cresceu, Henrique. Hoje está maior que ontem.

Preocupado em empurrar a canoa para longe da margem, Henrique respondeu:

— Decerto é por causa das chuvas; tem chovido muito nestes últimos dias. Mas nós voltaremos cedo, não há perigo.

Eduardo teve uma ligeira hesitação:

— Não será ruim remar assim? Parece que as águas ficam com mais força.

— Já disse que se você está com medo, fique. Eu vou.

E com o esforço que fez ao empurrar a canoa, Henrique caiu dentro da água molhando-se todo. Não deu a perceber que ficara aborrecido; pulou para cima da canoa e segurou os dois remos. Eduardo, sentado no banco que havia no meio, segurou-se fortemente nas bordas da canoa e olhou para Henrique, cheio de admiração. Com toda calma, Henrique havia depositado o remo quebrado no fundo e com o outro impelia a canoa para longe da margem. Ela começou a deslizar rio abaixo e Eduardo sentiu o coração dar um salto dentro do peito. Pensou coisas horríveis nesse momento: "E se Henrique perdesse aquele remo? E se não soubessem voltar? E se o rio enchesse mais?"

Estava muito arrependido e teve vontade de gritar: "Henrique, vamos voltar, eu não quero ir". Mas não teve coragem. Ficou quietinho, equilibrando-se com as duas mãos e olhando o rio que corria, majestoso e tranquilo. Henrique sabia mesmo remar; fez a canoa deslizar sempre ao lado da margem, de modo que quase podiam segurar os galhos das árvores que pendiam sobre a água. Eduardo começou a achar bonito e Henrique disse:

— Devem ser seis horas agora; o sol está começando a esquentar.

Nesse momento ouviram o sino da fazenda; era Padrinho que estava tocando como fazia todas as manhãs. Eduardo perguntou:

— A ilha estará muito longe? Daqui não vejo nada.

Henrique respondeu:

*"E se Henrique perdesse aquele remo? E se não soubessem voltar?
E se o rio enchesse mais?"*

— Nem começamos a navegar e você quer ver a ilha? Está longe ainda.

A canoa descia vagarosamente; de vez em quando Henrique remava um pouco, conservando-a sempre na mesma direção. Viram lindos pássaros nas margens; outros passavam gritando sobre as cabeças dos dois. O dia prometia ser esplêndido. Henrique tirou cuidadosamente o paletó para secar, pois sentia toda a roupa molhada grudada no corpo; a canoa começou a balançar de um lado para o outro e Eduardo ficou assustado, mas não disse nada. Henrique estendeu o paletó sobre os joelhos e tornou a segurar o remo. A canoa foi indo... foi indo... O sol batia em cheio no rio e as águas pareciam douradas e prateadas; Eduardo achou bonito e deixou pender a mão na água, depois olhou o fundo da canoa para ver se não entrava água; o serviço havia sido perfeito, o barco estava bem calafetado. Satisfeito, olhou a outra margem; não havia nem sinal de gente, nem de casas para lado algum. Era só vegetação e água. De vez em quando, algum pássaro passava lá no alto, sobre suas cabeças. Procurou ver a casa da fazenda; tudo havia ficado para trás. Não havia nem sombra de habitação e a ilha devia estar longe ainda. Só o rio de águas barrentas e a canoa descendo devagar...

Henrique começou a assobiar, despreocupado; para mostrar que também não tinha medo, Eduardo assobiou acompanhando Henrique; depois tomou um pouco da água da garrafa dizendo que estava com sede. Apesar da fome que sentiam, resolveram esperar e almoçar na ilha, nem sequer abriram o pacote do almoço. A canoa foi descendo o rio, seguindo o curso das águas. Viram árvores enormes, flores roxas e vermelhas sobressaindo no verde da folhagem; olhavam sempre para uma e outra margem à procura de gente ou casas, mas só viam água e árvores. Depois de algumas horas, avistaram a ilha. Eduardo foi o primeiro a divisá-la e deu um grito de satisfação:

— Henrique, veja! É a ilha!

— Henrique, veja! É a ilha!

Ficou de pé na canoa, mas quase caiu e quase fez a canoa virar; sentou-se assustado. Henrique abriu a boca com admiração. Lá estava ela, toda verde e bonita, bem no meio do grande rio. Árvores frondosas dominavam-na. Foram se aproximando cada vez mais, mudos de espanto e alegria. Com o remo entre as mãos, Henrique empurrava a canoa em direção à ilha. A canoa parecia querer descer rio abaixo porque as águas tinham muita impetuosidade; afinal Henrique conseguiu fazê-la aproximar-se da terra. Com um suspiro de satisfação, os dois meninos pularam para fora da canoa, afundando os pés na lama das margens.

2 *Na ilha*

Foi com verdadeira emoção que os dois meninos puseram pé em terra; estavam afinal na célebre ilha. Tudo fora tão fácil, pensou Eduardo, e Henrique era tão bom remador, não deviam arrepender-se da mentira pregada aos padrinhos. Que dia divertido e alegre iriam passar ali! Apressadamente tratou de auxiliar Henrique; a primeira coisa que fez ao tirar as cordas foi cair dentro da água e molhar-se todo. Ficou todo enlameado, mas começou a rir dizendo que tiraria a roupa logo mais e o sol a secaria em dois minutos. Com alguma dificuldade, puxaram a canoa o mais perto possível da terra e amarraram-na a uma árvore próxima com a corda que Nhô Quim lhes havia emprestado. Eduardo lembrou-se:

— Vamos amarrar bem forte, Henrique. Se a corda arrebentar, estamos perdidos porque a canoa vai por água abaixo.

Dando dois nós, Henrique respondeu:

— Você tem cada ideia... A corda não é tão velha assim, resiste perfeitamente. Veja.

Examinaram para ver se a canoa estava bem segura; tiraram o almoço e a garrafa de água e puseram tudo em terra firme. Depois começaram a olhar à volta e a caminhar explorando o terreno. Havia arbustos e moitas que eles foram cortando com a faca que haviam trazido; as árvores mais altas, já avistadas de longe, ficavam no interior da ilha. Abriram caminho por entre as moitas e foram andando, levavam o almoço e a garrafa de água, mas não pensavam em comer, tão entusiasmados se sentiam. Quando Padrinho soubesse, havia de admirar a coragem deles; e Quico e Oscar ficariam com tanta inveja... Foram andando e chegaram a uma clareira no meio da mata. Eduardo propôs:

— Vamos descansar aqui? Minha roupa está tão molhada que gruda no corpo.

Resolveram então tirar as calças e estendê-las; o sol que passava por entre os galhos era suficiente para secá-las. Assim fizeram; estenderam as calças e os paletós; depois as camisas, depois os sapatos e as meias. Enquanto esperavam que as roupas secassem, abriram o pacote do almoço e comeram a linguiça com pão e os ovos cozidos. Tomaram água. Henrique resolveu subir na árvore mais alta para ver o que se avistava lá de cima, mas desistiu a meio do tronco e desceu dizendo que preferia esperar a roupa secar; não podia subir só de cuecas porque os galhos machucavam. Esperaram cerca de meia hora, depois vestiram as roupas ainda úmidas e continuaram a exploração. Subiram nas árvores, cortaram cipós, descobriram frutas que nunca haviam visto antes; de vez em quando, Henrique perguntava:

— Será mesmo habitada esta ilha? Vamos ver se encontramos algum sinal de gente.

— Qual o quê! — respondia Eduardo. — Quem há de morar aqui neste mato? Só bichos.

E trincava uma fruta entre os dentes para ver que gosto tinha; Henrique avisava:

— Não coma qualquer fruta, pode ser venenosa...

Por mais que observassem, não encontraram sinal de habitação. Depois de caminhar durante algumas horas, viram serelepes pulando nos galhos mais altos; os bichinhos olhavam para os dois meninos com olhos muito vivos, davam grandes pulos e desapareciam entre a folhagem. Eduardo e Henrique acharam graça e começaram a assobiar para chamar a atenção dos serelepes. Às vezes ouviam o ruflar de asas sobre suas cabeças; deviam ser pássaros que, assustados com a presença dos dois, deixavam seus ninhos e voavam. Mais adiante encontraram uma frutinha vermelha e redonda; começaram a atirá-las para cima a fim de atrair os serelepes; de vez em quando gritavam para ver o que acontecia. Não acontecia nada; parece que os bichos ficavam com medo ao ouvir os gritos e o silêncio então era profundo, nada se movia entre as folhas. Eduardo carregava a garrafa com água e os restos do almoço; encontraram uma nascente e a água era tão pura que tornaram a encher a garrafa. Quando cansaram de andar, Henrique propôs:

— Vamos voltar ao lugar onde deixamos a canoa? Acho que já é hora de voltarmos para casa.

— É pena ter de voltar — respondeu Eduardo. — Está tão bonito o nosso passeio; por mim, ficaria mais tempo.

Henrique tornou a falar:

— Pode ficar tarde demais, Eduardo. Estamos longe do lugar onde desembarcamos; andamos mais de uma hora sem parar.

— Então vamos voltar.

Cada um tomou um gole de água e depois iniciaram a caminhada de regresso. Mas quem diz de encontrar o caminho? Eduardo dizia que era à direita, Henrique afirmava que era à esquerda. Ficaram assim discutindo durante uns instantes, depois resolveram caminhar para a direita; andaram uma meia hora e não acharam o caminho por onde haviam passado. Henrique disse:

— Eu não disse que não era por aqui? É para a esquerda que devemos seguir. Vamos voltar outra vez.

Eduardo espantou-se:

— Nem sei mais onde fica a direita e a esquerda. Onde é a esquerda?

— É por aqui.

Eduardo disse:

— Eu me lembro que cortei uns galhos desta árvore com meu canivete. Vamos ver.

A árvore parecia a mesma, mas não havia nem sinal de cortes de canivete; Henrique falou:

— Você sonhou; nós não passamos por aqui, foi por outro lugar.

— Passamos — disse Eduardo. — Juro que passamos. Foi aqui que paramos para ver os serelepes pela primeira vez.

— Que absurdo — disse Henrique. — Tenho certeza que não foi aqui; aqui há frutinhas vermelhas e naquele primeiro lugar onde paramos não havia.

— Você está enganadíssimo.

— Onde estão os cortes de canivete que você fez...?

Eduardo passou a mão pela testa:

— É o que não estou entendendo. Parece que foi aqui, mas não os vejo.

Começaram a ficar inquietos; pararam um pouco à escuta; apenas ouviam o ruído surdo do rio que corria em redor da ilha. Resolveram então andar à esquerda; entre cipós e galhos de espinhos, foram abrindo caminho dentro da mataria; o rio parecia cada vez mais perto, mas nunca chegavam até ele. Eduardo disse de repente:

— Vamos parar para escutar; pelo barulho do rio saberemos onde estamos.

Ficaram imóveis uns instantes e ouviram o ruído do rio correndo sem parar; depois ouviram galhos que estalavam perto deles. Eduardo segurou o braço de Henrique:

— O que será? Você não ouviu o barulho de galhos quebrados?
— Não é nada — disse Henrique. — É o vento.

Continuaram a andar; quanto mais se aproximavam do rio, mais o rio parecia fugir. Henrique, até então calmo, começou a inquietar-se; olhou para cima para calcular as horas. Viu as copas das árvores, o céu muito azul e nada de sol. Levou um susto; o sol já desaparecera? Então era tarde, devia ser quase noite. Voltou-se para Eduardo, a voz um pouco aflita:

— Impossível que seja muito tarde; mas parece que o sol já está sumindo.

Eduardo perguntou:

— Pois você não tem relógio? Veja que horas são...

Então Henrique contou que o relógio parara nas oito horas e ele não havia percebido; com certeza fora por causa da água que entrara no maquinismo. Não quisera contar antes para não alarmar o irmão. Eduardo assustou-se:

— Então vamos tratar de voltar, pode ser quase noite. Você devia ter-me contado isso antes; temos de descobrir esse caminho de qualquer jeito.

Mas não encontravam o caminho. Se andavam para a frente, entravam cada vez mais na mata; se andavam para a direita ou para a esquerda, a mesma coisa. De que lado estaria a canoa? Começaram a ficar aflitos, mas um não dizia nada ao outro. Andavam para diante e para trás, sem acertar o caminho. De repente perceberam que não era

ilusão; a noite vinha caindo rapidamente. E o que seria deles, sozinhos naquela ilha? E que pensariam Padrinho e Madrinha não os vendo voltar da fazenda vizinha? Henrique murmurou:

— Que situação a nossa! Vamos ter calma e procurar com calma.

Eduardo não respondeu e começou a andar para a frente como se tivesse certeza de haver encontrado o caminho certo. Henrique seguiu-o, um pouco desanimado. Estavam cansados e suados; enxugavam os rostos com os lenços, tomavam um gole d'água e continuavam a andar. Os espinhos de alguns galhos batiam nos rostos de ambos, mas eles não se importavam. Tão preocupados em encontrar a canoa, não pensavam noutra coisa.

Quando ouviam ruídos estranhos na mata, paravam um pouco assustados; um segurava no braço do outro e ficavam esperando. Não era nada. De repente, Henrique sussurrou:

— Estou tão cansado... Quase não aguento mais.

Pararam então por alguns minutos e encostaram-se ao tronco de uma árvore grossa que havia ali perto; Henrique passou o lenço outra vez nas faces e no pescoço e pediu:

— Dá um pouco de água...

Eduardo virou a garrafa para baixo, estava vazia sem uma gota sequer. Henrique suspirou e quis fazer-se forte:

— Não faz mal, quando encontrarmos o rio, bebo bastante água.

Olharam outra vez para cima procurando o sol; havia desaparecido. A claridade estava sumindo entre a folhagem. Breve seria noite cerrada. Que fazer? Ficaram escutando durante alguns minutos para ver se percebiam o ruído do rio; era cada vez mais forte, mas de que lado estaria? O rio parecia roncar, um ronco forte que não tivera antes. Eduardo perguntou com voz trêmula:

— Será que vamos dormir nesta mata?

Henrique fingiu-se muito animado:

— Se tivermos que dormir, dormiremos, ora essa.

— E Padrinho? E Madrinha?

Ficaram quietos uns instantes, depois Henrique disse:

— Eles vão mandar um camarada à fazenda vizinha e, quando souberem que nós não estivemos lá, ficarão tão aflitos...

— Nem fale, Henrique. Já estou tão arrependido. Se soubesse...

— Eu também, mas que podemos fazer? Temos que encontrar a canoa nem que seja para andar a noite inteira.

Eduardo teve uma ideia:

— Espere aqui; vou subir nesta árvore e, lá de cima, verei onde estamos.

— É mesmo. Como é que não lembramos disso antes?

Eduardo tirou o paletó e os sapatos e abraçou o tronco da árvore; subiu até chegar aos primeiros galhos e parou quase sem fôlego; Henrique perguntou, todo esperançado:

— Vê alguma coisa, Eduardo?

— Nada ainda. Espere, vou subir mais alto.

E desapareceu entre os galhos compridos, empurrando a folhagem para um lado e outro. Olhou lá de cima — avistou o rio a uma certa distância; suas águas pareciam negras sem a luz do sol brilhante sobre elas. Ouviu a voz de Henrique lá embaixo:

— Está vendo alguma coisa, Eduardo? Estamos longe do rio? De que lado ele fica? Veja bem.

— Sim, estou vendo o rio.

Henrique tornou a perguntar, disfarçando a aflição:

— De que lado ele está? Veja bem.

Eduardo respondeu:

— Está em todos os lados. À direita, vejo o rio; à esquerda, também vejo. Não entendo.

Henrique pediu:

— Veja bem, Eduardo. Não avista a canoa?

— Não, nada de canoa.

— Então desça.

Eduardo desceu mais animado; calçou os sapatos e vestiu o paletó. Falou:

— Eu acho que a gente indo por este lado chega lá num instante.

— Então vamos.

3 A noite na ilha

Resolutamente começaram a caminhar; de repente um galho bateu com força no rosto de Henrique; ele deu um grito.

— Ai! Meu rosto está sangrando...

Eduardo falou quase gritando:

— Enxugue o sangue com o lenço.

Henrique respondeu:

— Estou enxugando. Por que você está gritando desse jeito? Para espantar o medo?

— Não estou com medo, nem estou gritando.

Meia hora depois, Henrique parou outra vez:

— Você não viu coisa alguma. Onde está o rio? Já era hora de chegarmos lá.

Eduardo zangou-se:

— Então suba você na árvore e veja se descobre. Por que não subiu antes?

Henrique não respondeu; estava com o paletó nos braços, atirou-o sobre uma moita, descalçou os sapatos e as meias. Procurou à volta uma boa árvore para subir, subiu rapidamente e sumiu entre a folhagem. Ficou quieto lá em cima. Eduardo perguntou:

— Então? Vê alguma coisa?

A voz dele veio quase sumida lá de cima:

— Vejo o rio...

— De que lado?

— À direita. Já sei, temos que ir para o lado direito da árvore.

Desceu e vestiu-se; caminharam durante uns vinte minutos. Eduardo perguntou:

— Estaremos certos? Acho que você se enganou.

Os dois pararam, hesitantes. Henrique olhou à volta, era quase noite. Ouviram um sapo coaxar ali perto. Perguntou:

— Que faremos?

Ficaram uns instantes em silêncio ouvindo os rumores da mata. Ouviram pios de aves, coaxar de sapos, cri-cri de grilos; de repente Henrique aproximou-se mais do irmão e segurou-lhe o braço:

— Ouviu?

Eduardo também ouvira um rastejar esquisito ao seu lado, mas fez-se de forte:

— Isso é sapo, dos grandes.

Henrique sussurrou:

— Sapo não rasteja, pula. Deve ser alguém que anda na mata ou algum bicho grande...

— Que tolice. Quem há de ser?

Houve silêncio outra vez. De súbito os rumores foram aumentando; galhos quebravam-se não muito longe deles. Henrique tornou a dizer:

— O que será? Parece que anda alguém na mata; acho que é gente.

Eduardo respondeu com voz trêmula:
— Pergunte quem é; quem sabe é alguém perdido como nós.
— Pergunte você.
Mas nenhum falou; ficaram quietinhos, esperando.
O barulho aumentou; o coração de Eduardo deu um salto:
— Não é possível que seja gente; andamos o dia todo por aí e não vimos nada, vamos continuar a procurar a canoa. — De repente, choramingou: — Henrique, estou com um pouco de medo...

— Medo de quê?

— Não sei, de tudo.

— Eu não penso senão na canoa que temos que encontrar. Coragem...

Continuaram a caminhar ao acaso, um segurando a mão do outro, tal a escuridão. A noite caíra completamente. Os dois meninos estavam arrependidos de se terem arriscado nessa aventura; tinham vontade de chorar, mas queriam mostrar-se fortes um para o outro. Depois de terem andado durante algumas horas, sentiram o ar úmido que vinha do rio; o rio estava cada vez mais perto, mas agora isso nada adiantava, pois tinham de passar a noite ali e esperar a madrugada para voltar à fazenda.

Em silêncio caminharam mais um pouco e chegaram afinal à margem do Paraíba; estavam tão acostumados com a escuridão que, apesar de ser noite escura, viram as águas do rio correndo bem junto deles. Mas nem sinal da canoa, ela devia estar em algum outro lugar; tinham ido parar num lugar errado.

Não sentiram alegria nem tristeza por terem chegado à margem do rio; estavam tão cansados que resolveram ficar ali mesmo. Tiraram os paletós, estenderam-nos sobre as moitas e sentaram-se. Não falavam; cada um pensava com tristeza no erro que haviam cometido. Nunca deviam ter feito isso às escondidas do Padrinho. Nunca. Que estariam pensando ele, Madrinha e os primos naquele instante? Quem sabe estariam aflitos, desesperados mesmo, ao ver que os meninos não voltavam e já era noite fechada? Que arrependimento! Ouviam o coaxar de um sapo enorme; devia estar pertinho deles, tão pertinho que, se estendessem a mão, o tocariam. Viram vaga-lumes passar e tornar a passar diante deles; mais longe um pouco divisavam a massa escura do rio com suas águas profundas e misteriosas.

Eduardo rezou baixinho e recostou a cabeça no ombro do irmão; estava cansadíssimo, mas não queria estender-se sobre a moita; tinha a impressão de que, se se deitasse ali, colocaria a cabeça sobre o sapo que coaxava tão perto. Henrique murmurou:

— Que horas serão, Eduardo?

Ele olhou o céu:

— Deve ser meia-noite pelos meus cálculos; que pena não termos relógio. — De repente animou-se: — Temos a caixa de fósforos, Henrique. Como é que nos esquecemos disso! Vamos acender um foguinho, assim espantaremos os bichos.

— Vamos. Onde estão os fósforos?

— Aqui no pacote do almoço.

Apressadamente, Eduardo abriu o pacote e procurou a caixa de fósforos; de fato estava lá. Os dois ficaram contentes e Henrique perguntou:

— Ainda tem alguma coisa para comer? Estou com fome.

Eduardo falou:

— E a sede? Na mata você queria água. Por que não vai beber no rio?

— Tenho medo de escorregar na beira do rio; quando amanhecer, eu bebo.

Enquanto abria o pacote do almoço, Eduardo dizia:

— Temos ainda alguns ovos cozidos, dois pedaços de linguiça e pão. Esquecemos a laranjada, nem comemos.

— Vamos comer então um pedaço de laranjada, o resto fica para amanhã.

— Vamos primeiro fazer a fogueira, depois comemos.

Muito animados, levantaram-se e começaram a procurar pauzinhos secos para a fogueira. De súbito Eduardo deu um gritinho:

— Ih! Peguei numa coisa mole...

Henrique sentiu um arrepio:

— Deve ser sapo, no mínimo você pegou no sapo. Por que não acende um fósforo?

— Tenho medo de gastar os fósforos e depois não sobrar nenhum. Devíamos ter trazido vela; o ideal seria uma lâmpada elétrica.

— Nem fale.

Eduardo acendeu um fósforo e os dois debruçaram-se para o chão procurando pauzinhos secos à luz da chama; só viram mato verde e viçoso. Como fazer fogo com aquelas folhas verdes? Henrique pediu:

— Acenda outro fósforo.

Eduardo acendeu e tornaram a procurar; nada. Eduardo sacudiu a mão no ar:

— Ih! Nossa Senhora! Quase queimei o dedo.

Henrique gritou:

— Achei! Achei um pauzinho seco. Acenda outro fósforo.

O irmão acendeu outro; puseram as mãos em concha à volta da chama e encostaram o pauzinho seco. Foi-se esse fósforo, mais outro e outro e nada de conseguirem pegar fogo no pauzinho. Eduardo censurou choramingando:

— Esse pau estava meio verde, vamos procurar outro... Ah! Meu Deus!

Henrique não quis; disse que podiam assim gastar todos os fósforos e não conseguir fogo. Então resolveram sentar um ao lado do outro e esperar as horas passarem. Ficaram quietinhos esperando. Cochilaram de madrugada, Henrique recostado no ombro de Eduardo. Eduardo não queria dormir, mas não suportou; de repente estendeu-se nas moitas, enrolou-se no paletó e, sentindo a cabeça do irmão encostada em seu ombro, dormiu profundamente; não pensou mais em sapos nem em bicho algum.

Henrique empalideceu: — É a enchente, Eduardo!
Decerto choveu muito na cabeceira do rio. Que horror!

Quando acordaram, viram o rio ali bem perto e o sol que já ia surgindo; levantaram-se e olharam à volta. Eduardo admirou-se:

— Olhe quanta coisa o rio vem trazendo. O que será isso?

Ambos olharam espantados; o rio havia crescido durante a noite de uma maneira assustadora. Estava volumoso e as águas não eram mansas como no dia anterior; eram vagalhões pesados que passavam levando galhos enormes e outras coisas. Henrique empalideceu:

— É a enchente, Eduardo! Decerto choveu muito na cabeceira do rio. Que horror!

4 *A enchente*

Ficaram imóveis, sem poder tirar os olhos do Paraíba; viram passar tábuas, sapatos, roupas, a metade de uma cadeira, troncos de árvore e, de repente, uma cabra morta. Eduardo estendeu o braço:

— Veja! Uma cabra!

Voltou-se para Henrique, pálido de susto:

— Henrique! Como vamos voltar agora?

O irmão sacudiu os ombros, fingindo-se corajoso:

— Pois não viemos até aqui? Podemos voltar também. Vamos procurar a canoa já, já.

Sentiam os membros doloridos por não terem dormido bem. Eduardo começou a andar e a mancar dizendo que todo o corpo doía. Esqueceram-se da sede e da fome e foram à procura da canoa; tornaram a entrar pela mata e tornaram a perder o rumo. Henrique disse:

— Não posso mais de tão cansado. Vamos parar um pouco!

Recostou-se a uma árvore e passou o lenço pelo rosto; foi então que Eduardo reparou no rosto do irmão; estava todo marcado pelos arranhões dos espinhos da véspera. Propôs enquanto descansavam:

— Vamos comer então.

Abriu o pacote, distribuiu os ovos, a linguiça, o pão; comeram sem apetite, tão preocupados estavam. Henrique queixou-se:

— Agora sim é que estou com sede de verdade; e meu rosto está ardendo.

— Quem sabe encontraremos água por aqui? Vamos procurar, assim você lava o rosto.

— É melhor procurarmos o rio, é mais garantido; vamos voltar.

Com a claridade da manhã, logo encontraram o rio, que transbordava com a enchente. Ambos ajoelharam-se à margem, lavaram os rostos, beberam água, mas o líquido era tão barrento e escuro que Eduardo cuspiu-o com cara de nojo. Durante mais de uma hora, foram margeando o rio sem encontrar a canoa. Onde estaria? Por que não haviam marcado bem o lugar onde a tinham deixado? Depois de terem procurado mais um tempo ainda, avistaram-na enfim. Mas deram um grito de susto: a canoa estava presa apenas por um fio de corda. A correnteza do rio era tão forte que puxava a canoa com força; a corda, que já era velha, foi-se gastando e apenas um fio ainda resistia; as ondas volumosas espumavam à sua volta. Henrique correu e entrou na água, colocou as duas mãos numa das bordas da canoa e, com água acima dos joelhos, começou a puxá-la para a margem. Eduardo teve medo:

— Cuidado, Henrique. O rio está puxando muito, pode levar você.

— Não há perigo, venha me ajudar.

Eduardo tirou os sapatos e as meias, arregaçou as calças e foi auxiliar Henrique. Os dois tentavam puxar a canoa para terra, mas foi inútil; a correnteza era muito forte, nem parecia aquele rio calmo e manso de um dia antes; rugia e espumava carregando tudo em seu caminho. Henrique gritou:

— Força, Eduardo! Segure com força enquanto vou emendar a corda.

Começou a procurar os pedaços de corda que estavam dentro da água, misturados com lama e galhos de árvore. Eduardo começou a cansar-se, falou:

— Ande depressa, daqui a pouco não aguento mais, o rio tem uma força danada.

Henrique pediu, suplicante:

— Espere, Eduardo, tenha paciência. Já encontrei uma ponta, falta só emendar; se você não aguenta, estamos perdidos.

E, com as mãos molhadas, procurava amarrar essa ponta de corda na canoa; mas com a pressa atrapalhava-se e a corda escapava-lhe das mãos e caía na água outra vez. Eduardo gritou:

— Venha você segurar a canoa e deixe a corda por minha conta.

— Você não consegue.

— Consigo. Venha segurar a canoa.

Henrique, nervoso, tornou a prender a canoa com as duas mãos enquanto Eduardo foi tentar amarrar a corda, mas esta estava tão velha que arrebentou duas vezes entre as mãos de Eduardo. Henrique ficou aflito:

— Dobre a corda! Dobre a corda em duas, senão ela arrebenta. Bem Nhô Quim disse que a corda era velha.

Eduardo dobrou a corda, passou pela argola da canoa e conseguiu prendê-la na margem. Com um suspiro de alívio, Henrique correu para auxiliá-lo. Passaram a corda pelo tronco de uma árvore próxima e amarraram fortemente. Quando terminaram o serviço, estavam suados e cansados. Eduardo observou:

— Você está vermelho como uma pimenta.

— E você está como um pimentão.

Ambos tinham manchas rubras nas faces e na testa; principalmente Henrique. Ele sentou-se dizendo:

— Parece que estou com febre de tão quente...

Resolveram esperar a enchente diminuir em vez de tentar a volta imediatamente; tinham esperança que a enchente ficasse menos forte. Estenderam-se ali na margem durante muito tempo, mas a enchente não diminuiu; pelo contrário, aumentou.

As águas cresceram tanto que chegaram até onde eles estavam, e o rio rugia que dava medo. Eles olhavam para cima e para baixo do rio para ver se viam alguma canoa, alguma embarcação qualquer à sua procura, mas nada viam, a não ser água e as coisas que o rio levava na sua correnteza; viram galinhas mortas descendo com as penas estufadas e um cabritinho branco. Tudo aquilo ia rolando, rolando sem parar, misturado com água, lama e espuma. De repente viram uma árvore inteira que também vinha vindo em direção à ilha; ficaram tão admirados que se levantaram para ver melhor; era uma árvore com flores amarelas e raízes à mostra. Ela rodopiou e foi para mais longe fazendo redemoinhos, depois a correnteza empurrou-a outra vez para o lado da ilha; nesse instante os dois meninos deram um grito de susto: a árvore vinha em direção à canoa!! Em dois pulos, Henrique correu para salvar a canoa; conseguiu segurá-la com as duas mãos, mas era tarde! A árvore passou dando voltas e arrastou a canoa para o meio do rio; a corda era velha, não resistiu. Eduardo gemeu:

— Ah! Meu Deus!

Henrique não disse nada; ficou mudo assistindo ao desastre; depois escondeu o rosto entre as mãos e começou a chorar. Eduardo correu para o irmão e pôs o braço sobre o ombro dele:

— Ora, Henrique, havemos de dar um jeito. Garanto que a esta hora Padrinho já vem em nosso socorro. Vamos esperar.

Henrique soluçava:

— Qual! Como pode adivinhar que estamos na ilha? Ele nunca poderá pensar que viemos até aqui... Como vamos voltar agora?

— Você vai ver como se arranja tudo; vamos deixar uma fogueira acesa noite e dia; alguém há de ver e contar ao Padrinho.

Henrique enxugou as lágrimas com a mão:

— E não temos mais o que comer; vamos passar fome...

— A ilha deve ter frutas, temos que procurar, vamos andar por aí em vez de ficarmos aqui vendo a enchente.

Henrique ficou mais calmo; parou de chorar e disse que estava cansado, queria ficar ali na margem olhando o rio. Sentaram-se um ao lado do outro e ficaram calados, pensando num possível meio de salvação. O tempo foi passando. De vez em quando tomavam um gole de água; quando a sede apertava, esqueciam que a água era suja e barrenta; bebiam assim mesmo. Eduardo perguntou:

    — Será que vamos passar outra noite aqui?

    — Decerto vamos. Padrinho não pensará que estamos na Ilha Perdida; ela fica muito longe da fazenda e ele nunca há de se lembrar de nos procurar aqui.

    Eduardo continuou, resoluto:

    — Então vamos preparar um lugar para a gente dormir; não podemos ficar muito perto do rio, de repente as águas chegam até nós e nos levam, como levaram a canoa. Elas não param de subir.

    Com a faca e o canivete começaram a cortar uns galhos de árvore para fazer um lugar macio a fim de se deitarem. Depois de prepararem uma espécie de cama com folhas largas e galhos finos, Eduardo lembrou-se de procurar alguns paus secos para fazer uma fogueira, se fosse necessário. Entrou na mata e voltou logo depois com uma braçada de pedaços de paus bem secos; amontoou tudo ao lado da cama fazendo uma espécie de caieira. Depois disse:

    — Se aqui houvesse uma árvore com tronco bem grosso e largo, poderíamos dormir em cima do tronco, como Tarzan.

    Henrique deu um suspiro:

    — Ah! Mas Tarzan estava acostumado desde criança; era como um macaco. Nós não poderíamos aguentar. A gente caía logo.

    Depois de tudo preparado para passar a segunda noite na ilha, Henrique, que parecia cada vez mais desanimado, falou:

Eduardo sorriu em triunfo, tirando do bolso um pacotinho onde havia um ovo cozido que ele guardara.

— Estou outra vez com fome; será que não encontramos nada para comer?

Eduardo sorriu em triunfo, tirando do bolso um pacotinho onde havia um ovo cozido que ele guardara. Disse:

— Olhe, hoje de manhã, quando vi a canoa rodar rio abaixo, guardei bem este ovo para quando tivéssemos fome. Vamos comê-lo agora.

Sentaram-se e devoraram o ovo, cada um a metade. Henrique perguntou:

— E a laranjada? Também acabou?

— Acabou. Agora não temos mais nada para comer.

Depois inclinou-se na beira do rio, tomou uns goles de água e encheu a garrafa para tomarem durante a noite. Henrique também bebeu água queixando-se de que ela estava cada vez mais barrenta. Olharam o céu; as primeiras estrelas já estavam começando a aparecer; olharam o rio durante algum tempo na esperança de que surgisse alguma embarcação que viesse buscá-los. Nada. Somente o rio barulhento e a segunda noite que caía sobre a Ilha Perdida.

Resignados, resolveram deitar-se na cama improvisada; conversaram um pouco:

— Será que Padrinho nunca se lembrará de vir nos procurar aqui?

— Não sei, acho bem difícil. Talvez Quico ou Oscar se lembrem.

— Quem sabe o Bento vai se lembrar...

— Mesmo que se lembrem, o rio está tão bravo com essa enchente que eles não poderão atravessá-lo.

— Então como faremos para voltar?

5 *Abandonados*

Ficaram silenciosos durante uns instantes, depois Henrique teve uma ideia:

— E se fizéssemos uma jangada? Temos a faca e o canivete, amanhã trataremos disso.

— Mas como é que se faz uma jangada? Não tenho nenhuma ideia.

— Ora, você não viu a figura de uma jangada no livro? Cortam-se paus grandes para firmar a jangada; depois cortam-se paus mais finos para colocar por cima e amarra-se bem firme...

— Amarrar com o quê, Henrique? Com os pedaços de corda que sobraram?

Henrique olhou à volta, pensativo:

— Aí na mata deve haver muito cipó; amarra-se com cipós.

Eduardo concordou:

— Vamos tentar; o pior é não termos nada para comer. Como é que a gente pode trabalhar com fome?

— Procuraremos frutas. Amanhã bem cedo, assim que o sol sair, vou procurar. É impossível que esta ilha não tenha frutas; qualquer fruta serve para matar a fome.

Eduardo respondeu:

— E precisamos economizar os fósforos. Não sabemos quantos dias ainda ficaremos aqui; precisamos ter sempre fósforos para acender a fogueira. Ao mesmo tempo tenho um pressentimento de que amanhã vamos ser salvos.

— Eu não tenho esperança alguma — disse Henrique.

Pararam de falar porque ouviram um ruído forte que a princípio não compreenderam o que poderia ser. Henrique perguntou, admirado:

— Está ouvindo? O que será? Parece barulho de motor?

— Estou — disse Eduardo. — É mesmo barulho de motor; eles vêm nos buscar numa lancha a motor. Eu não disse que estava com pressentimento? Vai dar certo, você vai ver. Vamos depressa fazer uma fogueira para mostrar que estamos aqui.

Levantaram-se e apressaram-se em fazer fogo; deram gritos fortíssimos:

— Estamos aqui. Na ilha!! Socorro!

Perderam vários paus de fósforo antes que a madeira seca pegasse fogo. Afinal uma chamazinha azul começou a se elevar; Eduardo deu gritos de entusiasmo:

— Agora eles vão nos encontrar! Ponha mais pau seco, Henrique! O motor está cada vez mais perto!

Nesse momento o ruído do motor, que parecia tão próximo, passou sobre as suas cabeças. Era um avião. Eduardo olhou para cima dizendo desanimado:

— Não é lancha, é avião. Ele não pode nos ver. E vai indo embora tão depressa...

Chorou sem parar de falar:

— E perdemos tantos fósforos... Se eu soubesse, não tinha feito fogueira...

— Não faz mal — disse Henrique. — Vamos deixar a fogueirinha acesa; se alguém vê fogo na ilha, vai contar ao Padrinho e ele vem ver o que é. Não chore. Amanhã começaremos a jangada, você vai ver.

Sentaram-se de novo, muito tristes. Logo depois Henrique deitou-se na cama de folhas, pôs o braço sob a cabeça como se fosse um travesseiro e dormiu. Eduardo ficou acordado durante muito tempo, tristonho e pensativo; estava também impressionado com a situação. Se ninguém viesse procurá-los ali poderiam morrer, ou de fome, ou picados por alguma cobra venenosa. Devia haver muitas na ilha; lembrando-se disso, pôs outro pau na

fogueira para que nenhum animal se aproximasse; cansado, afinal, deitou-se também e dormiu.

Acordaram de madrugada, um pouco assustados com a algazarra que muitas aves faziam nas árvores ali por perto; algumas eram desconhecidas. Da fogueira que haviam feito na véspera, nem sinal, apenas cinzas ainda mornas. Eduardo disse logo:

— Vamos tratar de procurar alguma coisa para comer; não podemos ficar aqui parados.

— Estou com o corpo todo dolorido — queixou-se Henrique. — Nunca estive assim, parece que tenho febre.

— É porque dormimos no chão e não estamos acostumados — explicou Eduardo. — Vamos andar um pouco que isso passa.

Tenho ainda um pedacinho de pão e uma "faisquinha" de laranjada que esqueci no pacote. Vamos comer.

Henrique ficou zangado:

— Você me enganou, disse ontem que não tinha mais nada...

Eduardo explicou:

— Nem eu sabia, Henrique. Fiquei tão atrapalhado que não reparei; e depois precisamos poupar munição...

Tomou um pedacinho de pão que já estava bem duro, partiu em dois, colocou sobre eles uns fiapos de laranjada e comeram; comeram bem devagarinho. Quando terminaram, Eduardo falou:

— Agora acabou de verdade; não temos mais nada, temos que procurar.

Sacudiu o guardanapo onde viera o almoço e esvaziou os bolsos para o irmão ver.

Henrique lembrou:

— Tenho uma ideia. Vou tirar a camisa e colocá-la num pau bem alto para chamar a atenção de quem passar na margem. Que acha?

— Boa ideia. Mas em que pau será? Deve ser o mais alto possível.

Olharam à volta, à procura de uma árvore bem alta; avistaram um coqueiro bem na beira do rio, mas era tão alto que parecia muito difícil e arriscado subir nele; viram outra árvore também na margem, Eduardo falou:

— Aquela está ótima.

Henrique tirou a camisa, enrolou-a no pescoço e experimentou subir na árvore, mas não conseguiu. Depois de várias tentativas, voltou-se para o irmão:

— Não posso, meu corpo dói tanto, veja se você consegue.

Eduardo tomou a camisa de Henrique e começou a subir na árvore; mais de uma vez quase desistiu; parou para descansar e tomar fôlego. Era muito mais difícil do que imaginava; lembrando-se, porém, de que disso talvez dependesse a salvação dos dois, fez um esforço supremo e conseguiu chegar até a copa, junto aos últimos galhos. Sentou-se então lá em cima e descansou; depois cortou alguns galhos com a faca para que aquela parte ficasse bem à vista da margem, amarrou as mangas da camisa à volta de um galho e deixou a fralda solta para que o vento a agitasse; depois desceu rapidamente. Quando pôs os pés em terra, voltou-se para Henrique, a fisionomia alegre: encontrara lá em cima um ninho com cinco ovos. Tirou-os do bolso da calça e colocou-os no chão; eram menores que os ovos de galinha e bem pintadinhos. Eduardo falou, satisfeito:

— Hoje não passaremos fome; temos ovos para comer.

Henrique admirou-se:

— Ovos de quê?

— Não sei; só sei que são ovos e alimentam. Não gosto de desmanchar ninhos, acho isso um ato horrível, mas como é para matar nossa fome, não hesitei. Serão ovos de sabiá?

Henrique examinou-os:

— Pode ser que sejam de sabiá; são bem bonitinhos. Mas também podem estar estragados. Xi! Eduardo, vai ver que é ovo choco.

— Será? Daqui a pouco vamos ver, quero fazer uma fritada.

— Fritada onde? Em que frigideira? Para fritar ovos é preciso uma frigideira...

Só então Eduardo lembrou-se de que não havia jeito de fritar os ovos. Ficou olhando para Henrique, de repente sugeriu:

— E se a gente arranjasse um pedaço de madeira tão dura como ferro e que resistisse ao fogo?

— Onde encontrar essa madeira? Impossível.

Eduardo coçou a cabeça tristemente:

— Ora, se soubesse, não teria desmanchado o ninho. Que pena.
— Vamos procurar alguma fruta, isso sim.

Antes de penetrar na mata, olharam para cima; a camisa de Henrique estava desfraldada e o vento a agitava como se fosse uma bandeira. Colocaram os ovos no chão e entraram na mata, resolvidos a procurar algum alimento.

O dia estava muito bonito e o sol prometia esquentar mais tarde; a passarada fazia alvoroço nas árvores mais altas. Para não se perderem como no primeiro dia, foram cortando paus e fincando-os pelo caminho para saberem voltar quando quisessem. Andaram durante muito tempo sem encontrar nada. Henrique de vez em quando queixava-se de canseira e de fome. Eduardo examinava todas as árvores procurando alguma fruta, mas nada encontrava.

Assim andando, chegaram ao outro lado da ilha; nesse lugar havia uma espécie de praia e a areia estava cheia de objetos trazidos pela enchente durante a noite. Viram um sapato de criança, pedaços de madeira, uma garrafa. Henrique lembrou:

— Quem sabe há até uma frigideira para fritar os ovos? Procure bem, Eduardo.

Eduardo, que se afastara um pouco, chamou Henrique com um grito:

— Venha! Depressa!

Mancando um pouco Henrique correu para perto de Eduardo; ali ao lado do irmão erguia-se uma bananeira. Henrique olhou esperançoso, mas que desilusão — não havia cachos de bananas, a árvore era muito nova.

— Deve haver outras — disse Eduardo. — Vamos procurar.

Andaram cerca de meia hora pela prainha e encontraram mais adiante um cacho de bananas ainda verdes. Eduardo riu com satisfação:

— De fome não morreremos. Ao menos comeremos bananas.

Henrique tirou o canivete do bolso e auxiliado por Eduardo derrubou o cacho; eram grandes e pareciam gostosas, mas estavam ainda verdes.

— Eu como assim mesmo — disse Eduardo. — Tenho muita fome...

Comeram algumas no mesmo instante e as acharam deliciosas; resolveram levar as bananas com todo cuidado para o abrigo improvisado no outro lado da ilha. Descansaram um pouco sobre a areia e batizaram aquela parte da ilha com o nome de prainha. De repente Eduardo foi ficando pálido e pôs a mão no estômago; fez uma careta:

— Ih! Henrique, acho que estou doente. Estou sentindo umas dores no estômago...

Henrique queixou-se:

— Eu também não estou muito bem, acho que foram as bananas. Quem sabe, bebendo-se água, passa.

Tomaram uns goles de água e ficaram deitados na areia uma porção de tempo. Quando se sentiram melhor, Eduardo propôs ficarem morando na prainha enquanto não viesse socorro; assim como haviam encontrado a bananeira, talvez houvesse outras frutas. Ali mesmo poderiam fazer a jangada que projetavam. Henrique concordou, mas nesse dia ainda dormiriam no outro lado, porque lá haviam ficado os ovos e o pedaço de corda que sobrara da canoa.

Para não perder tempo começaram a trabalhar na jangada; ambos haviam lido num livro de que forma se faz uma jangada. Cortariam primeiro uns paus mais grossos para fazer a armação; os paus menores seriam postos em cima e amarrados com cipós. Passaram o dia todo e não conseguiram cortar nem um pau, embora manejassem um o canivete, outro a faca. Quando perceberam, o dia estava declinando. Eduardo propôs atravessar a ilha sozinho e ir buscar os ovos e a corda que haviam ficado no outro lado. Henrique perguntou:

— E se você se perder? Será muito pior.

— Não há perigo. Deixei todo o caminho marcado; fica nesta direção, olhe. Você está mancando e com dor no corpo, eu vou num instante.

— Mas você teve dor de estômago — falou Henrique.

— Agora já estou bom.

Eduardo sentiu vontade de comer mais bananas, mas receou que fizessem mal; bebeu uns goles de água e entrou sozinho na mata, prometendo voltar logo. Henrique continuou a procurar paus para a jangada.

6 *A ilha tinha habitantes*

De vez em quando Henrique assobiava para disfarçar a solidão. Arrependia-se de haver deixado o irmão ir só; desde que haviam desembarcado na ilha, só haviam cometido erros. E se Eduardo se perdesse? Quando sentiu a fome apertar, comeu outra banana e deitou-se para descansar. Sentia-se cansadíssimo. Fechou os olhos um instante, depois abriu-os novamente e, deitado de costas, ficou olhando o céu. De repente percebeu uma sombra que se aproximava; voltou-se de lado pensando que era o irmão e já ia perguntar: "Já voltou?", quando viu um homem desconhecido diante dele; tinha barbas compridas, cabelos pelos ombros, estava quase nu. Sobre seu ombro esquerdo carregava um lindo papagaio que olhava fixamente para Henrique.

O homem também olhava Henrique sem dizer nada. Espantadíssimo, Henrique também não falava, parecia mudo. De súbito, o homem perguntou:

— O que está fazendo aqui? Não sabe que esta ilha é minha?

Henrique levantou-se um pouco amedrontado:

— Não sabia, não senhor.

O homem deu uma volta examinando o menino, depois continuou a falar:

— Vivo nesta ilha há muitos anos e não gosto de ser importunado; todos os que vêm aqui vêm por maldade: para caçar os bichos que são meus amigos. Eu não gosto disso.

— Eu não vim para caçar — disse Henrique. — Viemos passear aqui e a nossa canoa rodou rio abaixo. Agora não podemos voltar, estamos fazendo uma jangada para voltarmos. Eu e meu irmão Eduardo. O senhor pode nos ajudar?

O homem sacudiu a cabeça:

— Não acredito em nada do que você está dizendo. Vocês vieram aqui para me espiar, para descobrir minha vida. Pois não terão esse gosto; quem vem por curiosidade fica meu prisioneiro. Acompanhe-me.

Um pouco assustado, Henrique ficou parado na frente dele; depois murmurou:

— Nós não viemos por curiosidade; nenhum de nós acreditava que a ilha fosse habitada. Pode acreditar no que estou dizendo. Meu irmão e eu viemos passear aqui e pretendíamos voltar no mesmo dia quando veio a enchente. Não pudemos voltar e ficamos esperando a enchente passar; nossa canoa rodou, não pudemos voltar. O senhor desculpe, mas precisamos ir embora para nossa casa.

O homem sorriu e coçou a barba comprida. O papagaio gritou:

— Vamos embora, Simão!

O homem passou a mão nas penas do papagaio:

— Quieto, Boni.

Depois falou para Henrique:

— Voltar de que jeito? Você pensa que quem chega até aqui consegue voltar? Está muito enganado, quem vem parar aqui fica. Acompanhe-me.

Henrique hesitou:

— E o meu irmão Eduardo? O senhor não pode esperar um pouquinho? Ele foi ao outro lado da ilha buscar umas coisas que deixamos lá... Se ele não me encontrar aqui, ficará assustado.

A voz de Henrique estava trêmula; o homem respondeu, meio zangado:

— Deixe de lamúrias e venha comigo. Por que vieram? Isto aqui é meu e ninguém tem direito de tomar o que é meu. Venha.

O homem bateu no peito; Henrique resolveu insistir para mostrar que não tinha medo:

— Faça o favor de esperar Eduardo. Ele não demora, disse que vinha logo...

O homem não deixou Henrique continuar; zangou-se e respondeu:

— Menino teimoso e desobediente. Cale-se. Não diga uma palavra mais. E acompanhe-me bem direitinho, se não vai se arrepender.

O homem começou a andar pela areia; humildemente, Henrique acompanhou-o; sentia dor nos pés e na cabeça. Foi mancando atrás do homem, que andava depressa; olhou para trás com pena de deixar a jangada já começada. Entraram pela mata adentro. Henrique teve a ideia de deixar algum sinal para Eduardo saber o que acontecera, mas não havia nada que pudesse fazer. Então espetou o canivete numa árvore pequena na entrada da mata. Eduardo havia de descobrir o canivete enterrado ali e havia de desconfiar, quem sabe até seguiria o mesmo caminho. O papagaio começou a cantarolar sobre o ombro do homem; de vez em quando olhava para trás para ver se Henrique vinha seguindo. Andaram em silêncio durante algum tempo; os galhos das árvores batiam no rosto de Henrique e ele nem sentia; percebeu que estava escurecendo e logo seria noite fechada.

Com surpresa Henrique viu de repente um caminho sem arbustos, sem cipós, sem árvores; era uma pequena estrada bem limpa, sem nada que atrapalhasse os caminhantes. Pensou que Eduardo e ele haviam andado tanto através da ilha e não tinham descoberto aquela bonita estrada. O homem caminhava na frente, sem olhar para os lados e sem falar; dava passos largos como se estivesse muito acostumado a andar por ali. Nesse momento Henrique reparou que ele carregava uma machadinha na cintura.

Chegaram ao fim da estrada; com surpresa, Henrique viu na frente deles uma escadinha de pedra, mas tão escondida entre a folhagem que seria difícil ou quase impossível descobri-la. O homem levantou a folhagem com os braços compridos e, depois que Henrique começou a subir, deixou cair a folhagem novamente e nada mais se viu da escada. Subiram uns degraus até chegar à outra parte da ilha, muito mais elevada que a primeira. Ali devia ser a habitação do homem barbudo; havia árvores pequenas cheias de flores azuis e roxas, papagaios, periquitos, macacos. Era bem a ilha que Henrique imaginara. A bicharada começou a fazer barulho ao ver o homem, mas ele levantou um braço pedindo que ficassem quietos e tudo se aquietou.

Então Henrique viu uma espécie de gruta de pedra em cima de um barranco; ao lado do barranco, duas árvores gigantes. Uma outra escada de quatro degraus, feita de cipós e tábuas, conduzia à porta da caverna. Quando Henrique levantou os olhos para a morada do homem, ficou branco de susto: deitada na entrada da gruta, uma oncinha-pintada lambia as patas. Era pequena; mais parecia um gato enorme; tinha olhos amarelados, o pelo brilhante, todo cheio de pintas amarelas, e bigodes de fios compridos e pretos. Quando viu Henrique passar ao lado, ela levantou-se com o pelo eriçado e assoprou como um gato quando está bravo: uffff uffff... Mas o homem falou umas palavras que Henrique não compreendeu e ela acalmou-se. Tornou a deitar-se e a lamber as patas.

• • •

Entraram na caverna. Era bem grande e forrada de areia clara; sobre a areia havia peles de animais e folhas secas; de um lado estava a cama do homem; era feita de tiras de couro trançadas e presas nos paus da cama. Sobre as tiras estavam estendidas peles de animais servindo de colchão e uma espécie de manta feita de penas coloridas de aves.

Nas paredes da gruta viam-se penas, plantas, armas feitas de pedra. Henrique olhava tudo, mudo de admiração. A oncinha deu umas voltas pela gruta, depois deitou-se na entrada como se fora um cão de guarda. O homem disse a Henrique que se deitasse sobre um colchão de penas de aves; não era propriamente um colchão, mais parecia uma colcha multicor. Henrique estava tão cansado que obedeceu imediatamente; deitou-se e sentiu-se melhor. O homem ofereceu-lhe uma bebida numa caneca feita de madeira; Henrique tomou uns goles e sentiu um gosto amargo. Devia ser feita de frutas ou folhas fermentadas; mas sentiu um grande bem-estar e cerrou os olhos.

Quando os abriu, viu o homem andando de um lado para outro, preparando o jantar; só então Henrique percebeu que já era noite e havia uma lanterna no canto mais escuro da caverna. Era uma luzinha fraca, mas iluminava tudo muito bem. Vendo a chama avermelhada numa vasilha de ferro, Henrique não pôde deixar de perguntar:

— Que espécie de óleo o senhor usa na lâmpada?

— Óleo de capivara — respondeu o homem, mexendo a comida no fogãozinho.

— E o senhor mora nesta ilha desde moço?

— Desde que eu tinha vinte e poucos anos.

Henrique queria conversar mais e saber uma porção de coisas, mas o homem barbudo não queria conversa. Henrique ficou meio deitado olhando a luz que o vento fazia oscilar; um ventinho fraco penetrava pela porta da gruta. Depois Henrique perguntou:

— E mora sozinho aqui?

— Tenho vários companheiros, não está vendo? Estão sempre comigo.

Só então Henrique reparou nos outros animais que estavam na caverna: uma tartaruga, uma coruja com olhos muito abertos e redondos e um morcego que começou a andar de um lado para outro arrastando as asas enormes. A coruja e o morcego estavam se preparando para sair; dormiam durante o dia e, à noite, enquanto os outros animais dormiam, eles saíam para percorrer a ilha.

— E o senhor mora nesta ilha desde moço?
— Desde que eu tinha vinte e poucos anos.

7 Henrique pensa que está sonhando

Nesse mesmo instante Henrique ouviu gritos agudos do lado de fora da gruta; eram uma espécie de guinchos. O homem que estava quebrando ovos numa lata nem se perturbou. Assustado, Henrique olhou para a entrada de pedra e quase deu um grito de espanto: cinco micos entraram um atrás do outro, dando guinchos e piscando os olhinhos muito vivos; ao mesmo tempo mostravam ao homem o que haviam trazido. Alguns deles carregavam um ovo em cada mão e outro enrolado na ponta da cauda; outros traziam frutas apertadas nas mãozinhas negras. Eram maracujás, mas Henrique nunca os vira tão grandes assim.

O homem falou com os micos mostrando-se muito satisfeito e tudo o que eles haviam trazido foi depositado numa cesta feita de cipó. Depois foram para o outro lado, onde havia um grande cacho de bananas maduras e começaram a comê-las, uma atrás da outra. Em seguida aproximaram-se de Henrique, cheios de curiosidade por vê-lo ali, e começaram a examiná-lo; um estendeu a mão com muito cuidado e apertou o braço de Henrique, outro cheirou-lhe a cabeça, depois arrancou-lhe uns fios de cabelo e examinou-os bem de perto. Outro ainda sentou-se aos pés de Henrique e inclinando-se começou a olhar-lhe os sapatos com muita atenção. Henrique achou graça; os miquinhos eram mesmo engraçadíssimos; mas depois foram tomando tal confiança que um deles sentou-se na barriga do menino e começou a dar pulinhos, outro coçou o nariz de Henrique com uma força danada. Henrique pensou: "Nossa Senhora, ele vai esfolar meu nariz".

Em seguida se aproximaram de Henrique, cheios de curiosidade...

Foi então que o homem voltou-se e deu um grito com os micos:
— Um! Dois! Três! Quatro! Cinco! Deixem o menino!

Como se fossem crianças peraltas, os micos largaram a brincadeira e amontoaram-se num dos cantos da gruta, um coçando a cabeça do outro e piscando para Henrique. Ele riu e perguntou ao homem barbudo:

— Eles se chamam Um-Dois-Três-Quatro-Cinco? Que nomes engraçados!

O homem voltou-se para Henrique e disse meio sorrindo:

— Eu não sabia como havia de chamá-los quando os encontrei; estavam meio mortos de fome, a mãe tinha morrido. Contei várias vezes. Um-Dois-Três-Quatro-Cinco e resolvi chamá-los assim. Boni também sabe chamá-los.

— Boni é o papagaio? — perguntou Henrique.

— É.

Nesse instante a oncinha entrou muito silenciosamente, pegou um grande osso e começou a roê-lo, apertando-o entre as patas. O homem apresentou a Henrique uma folha larga que servia de prato; sobre ela havia um mexido de ovos e carne que Henrique comeu com a mão; não havia garfo nem colher. Achou a comida deliciosa e estava curioso por saber que espécie de carne seria aquela, mas não teve coragem de perguntar. Os bichos todos olhavam para ele, pois era um estranho ali. Para mostrar que não tinha medo, Henrique levantou-se, tomou um pouco de água que havia num canto dentro dum pote de madeira, depois deitou-se de novo; ainda se sentia cansado.

O homem ofereceu-lhe frutas e mel numa outra folha; ele aceitou e agradeceu outra vez. Achou tudo muito bom, pois estava faminto. Assim que acabaram a refeição, a coruja bateu as asas e voou para fora; o morcego saiu silenciosamente e desapareceu. A oncinha acabou de roer o osso, espreguiçou-se, lambeu-se toda, passou mais de uma vez pelas pernas do homem como se fosse um gato e deixou a gruta, saindo pela noite afora em busca de caça.

O homem apagou a lâmpada e disse a Henrique:

— Trate de dormir; talvez estranhe a cama, mas é só isso que posso oferecer. Boa noite.

— Está tudo muito bom — respondeu Henrique. — Nunca pensei encontrar nesta ilha uma morada tão interessante e tão boa como a sua. Aqui o senhor tem tudo: cama fofa, comida boa, animais amigos da gente. Muito obrigado por tudo. Boa noite.

Os micos ficaram juntinhos um ao lado do outro e prepararam-se para dormir; só a tartaruga ficou acordada na entrada da caverna; o papagaio, que estivera andando o tempo todo pela gruta e comera alguma fruta, ficou quieto num canto. Resmungou qualquer coisa e dormiu.

O homem deitou-se no leito de couro e penas e começou a ressonar. Henrique preparou-se também para dormir; nesse momento sentiu o coração apertar-se de tristeza: onde estaria Eduardo? Que pensaria ele não o encontrando na prainha? E os padrinhos? E os pais em São Paulo sem saber de nada? E aquele homem barbudo que o tinha prisioneiro e quase não falava? O que seria dele ali prisioneiro? Até quando ficaria na caverna? Era preciso fugir, sim, fugiria. Na noite seguinte, sairia da caverna enquanto estivessem dormindo e acharia o caminho da prainha. Não podia ficar sempre na gruta. Impossível.

Sentia um vento fresco que entrava pela porta da caverna; revirou-se na cama várias vezes antes de dormir; apalpou as penas, apalpou a cama também. Estaria sonhando? Sim, devia estar sonhando. Parecia impossível que naquela ilha tão perto da fazenda vivesse um homem solitário numa caverna e rodeado de bichos. Estava sonhando; tudo aquilo era sonho e no dia seguinte tudo seria diferente. Pensando assim, Henrique dormiu.

8 *A estranha vida do homem barbudo*

Acordou no dia seguinte com um chilrear incessante de pássaros na entrada da gruta; deviam ser milhares. Olhou à volta e admirou-se; estava sozinho. Levantou-se ainda com o corpo todo dolorido, desceu a escada de cipó e saiu. No planalto que havia na frente da caverna, uma centena de pássaros de todas as cores rodeava o homem barbudo; uns sobre os ombros, outros sobre a cabeça, outros ainda passeando pelos braços estendidos do homem. Quando viram Henrique, assustaram-se e voaram para as árvores próximas, onde continuaram a chilrear e a cantar. Henrique nunca vira espetáculo tão bonito.

Agora, à luz do dia, admirava-se de tudo, pois na tarde anterior estava tão assustado que não pudera observar bem a morada do homem. A gruta era imensa; uma espécie de caverna de pedra oculta pelas árvores e arbustos; por mais que se olhasse, não se descobria a entrada da gruta.

De um lado desse planalto, havia uma inclinação de terreno que levava a um lago pequeno com água cristalina e azulada. Lá estava a tartaruga tomando banho na beira do lago; ela mergulhava e tornava a aparecer, o pescoção fora da água.

Extasiado, Henrique não sabia o que mais admirar quando o homem se aproximou oferecendo frutas; eram mamões pequenos e avermelhados. Henrique não gostava de mamão, ia recusá-los quando resolveu o contrário, pois lá não havia café com leite e pão. O mamão era tão doce que parecia açucarado; Henrique comeu dois num abrir e fechar de olhos, dizendo que nunca apreciara mamões, mas aqueles eram gostosíssimos.

Um-Dois-Três-Quatro-Cinco rodeavam o homem como se esperassem ordens; de repente ele estendeu o braço para uma parte da ilha, falando:

— Vão ver se os cocos estão maduros; se estiverem, tragam todos.

Os micos eram bem pretos, tinham as cinturinhas finas, caudas longas e peludas. Deram grunhidos de satisfação ao ouvir as palavras do homem e logo pularam para a árvore maior que havia ali dando gritinhos agudos. Henrique olhou para vê-los melhor mas não viu nem sinal dos micos, já haviam desaparecido entre a folhagem. Perguntou:

— O senhor ensinou esses micos?

— Ensinei-os desde pequenos — respondeu o homem. — São meus amigos; como disse ontem, encontrei-os sozinhos na floresta. Trouxe-os comigo e os domestiquei; chamo cada um por um número.

— Que engraçado! E a oncinha?

— Também a encontrei ainda pequena; tinha uns quinze dias quando a salvei da morte; trouxe-a para aqui e criei-a. Nunca mais quis me deixar. Vive na gruta.

Henrique não pôde deixar de perguntar:

— E há mais onças na ilha?

— Não. Nunca encontrei nenhuma; sei que há onças nas florestas ao longo do rio, mas aqui não. E, se houvesse onças aqui na ilha, não fariam mal algum. Elas temem os homens civilizados. Eu sou igual aos animais; vivo como eles vivem e não os ataco. Todos me conhecem.

Henrique hesitou um pouco, depois disse:

— Ontem ao jantar o senhor me deu carne para comer. Que carne era?

— Carne de capivara; tenho um cercado onde crio algumas para comer; a carne parece um pouco com carne de porco. E também tiro o óleo que me serve muito. As únicas carnes que como são a de peixe e a de capivara de vez em quando. Já me acostumei só com frutas, ovos e legumes.

Nesse momento um lindo veado apareceu no planalto; quando viu Henrique, parou hesitante. Mas o homem sorriu para ele chamando:

— Venha, Lucas. Não tenha medo.

O veado aproximou-se e o homem coçou-lhe a cabeça durante uns minutos. Depois perguntou virando-se para Henrique:

— Como é seu nome?

— Meu nome é Henrique; tenho um irmão chamado Eduardo, que está também na ilha. Deve estar aflito sem saber onde estou. Coitado!

O homem não respondeu e convidou Henrique para dar uma volta. Foram os três: o veado Lucas também. A todo momento Henrique sentia verdadeira admiração pelo homem barbudo. Viu um pequeno pomar escondido no meio da mata atrás da caverna. Havia mamoeiros de um metro e pouco de altura carregados de mamões maduros, laranjeiras cobertas de laranjas amarelas; viu figueiras, bananeiras, pessegueiros, macieiras. Depois do lago onde o homem tomava banho, a água corria para uma pequena horta, onde havia batata-doce, abóbora, cará, mandioca. Chegaram ao cercado onde as capivaras moravam; eram parecidas com porcos.

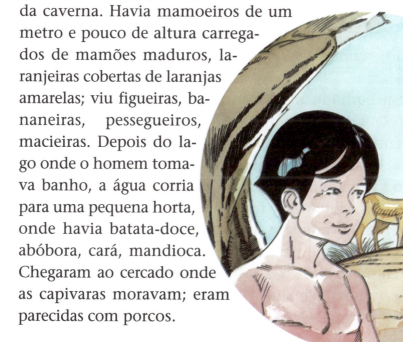

Mais adiante, aparecia o rio e nesse lugar o homem pescava duas ou três vezes por semana. Voltaram por outro caminho, onde Henrique viu grotas, pedras enormes e nascentes de água pura entre pedrinhas e flores.

E por toda a parte havia pássaros, macacos, veados, papagaios; quando eles passavam, uns pulavam de contentamento, outros gritavam; os papagaios falavam:

— Bom dia, Simão! Bom dia, Lucas!

Boni saltou do meio dos companheiros e foi para o ombro de Simão. O homem acariciou-lhe a cabecinha e o papagaio fechou os olhos, satisfeito.

Henrique estava cada vez mais admirado; de repente, não se conteve:

— O senhor também ensinou o papagaio?

— Boni? Vive comigo há muitos anos. Dei-lhe o nome de Bonifácio, mas como esse nome é muito comprido, digo apenas "Boni". É um bom amigo. Dorme na gruta e de manhã bem cedo vem brincar com os companheiros nas árvores do pomar.

Henrique sorriu a uma ideia:

— Então o senhor vive como Tarzan... Não ouviu falar de Tarzan?

O homem barbudo ficou curioso por saber a história de Tarzan; então sentaram-se numa pedra, à sombra de uma figueira enorme, e Henrique contou tudo o que lera a respeito de Tarzan. Simão escutou achando graça; mas as vidas de ambos não eram iguais. Tarzan vivia na floresta e não conhecia outra vida; Simão abandonara a vida civilizada e fora viver na floresta porque queria. Era diferente. Levantaram-se e ele convidou Henrique para voltar, pois era hora do almoço.

O veado Lucas encostou o focinho na perna do homem como se se despedisse e, num salto muito ágil, desapareceu na floresta. Simão falou:

— Pode me chamar de Simão e não precisa dizer "senhor".
Henrique perguntou:
— Lucas foi embora? Não volta mais?

— Amanhã ele volta outra vez; visita-me todos os dias. É outro bom amigo.

Ao chegar ao planalto ouviram uma algazarra; eram os micos que haviam voltado da excursão em busca dos cocos; cada um trazia vários cocos numa cestinha a tiracolo. Entraram na caverna para guardá-los e tornaram a sair dando guinchos alegres. Simão propôs:

— Henrique, vamos subir na árvore para inspecionar.

Os micos subiram antes e Simão subiu atrás deles; Henrique não conseguiu chegar aos galhos mais altos; ficou olhando de baixo e pensando: "Agora estava bom para fugir, enquanto eles estão lá em cima. Vou descer e procurar Eduardo, eles não me pegam mais".

Num instante estava embaixo da árvore outra vez; olhou para cima, não se via nada, o homem e os micos haviam desaparecido, pois a árvore era altíssima. Henrique olhou à volta pensando que estava só, mas não estava. Ao dar os primeiros passos em direção à floresta, viu a oncinha; ela estava deitada num galho baixo de árvore e olhava Henrique com olhos vigilantes. Henrique teve a certeza de que, se começasse a correr, a oncinha havia de persegui-lo. Sentou-se no chão e esperou outra oportunidade.

Logo mais desceram os micos e Simão; haviam olhado à volta da ilha, como faziam várias vezes por dia, e nada haviam visto, a não ser o rio e a floresta das margens. Era uma inspeção que faziam todos os dias para ver se algum importuno desembarcava naquele lugar que era só deles. Assim vigiavam sempre os arredores da ilha.

Simão desceu, abriu os cocos com a machadinha e foi para dentro da caverna preparar o almoço; Henrique acompanhou-o. Só então observou que havia uma espécie de forno num canto da caverna; era feito de barro. Ali Simão preparava a comida e, durante o inverno, o forno ficava sempre aceso com bastante fogo para aquecer a gruta. Henrique perguntou se fazia frio na ilha.

— Às vezes — respondeu Simão. — Nos dias muito frios, a caverna fica cheia de bichos que vêm se aquecer aqui.

— Deve ser engraçado — disse Henrique.

— Já estou tão acostumado que nem reparo — disse Simão.

Henrique procurou a chaminé. Simão mostrou-a, estava atrás, entre as pedras, e era tão boa que levava toda a fumaça para fora.

Como na véspera à noite, Simão preparou num instante a comida para ambos: batata-doce com pedaços de coco triturados entre duas pedras próprias para isso. Como sobremesa, maracujás dos grandes. Henrique perguntou:

— Simão, quem plantou todas essas frutas na ilha?

Ele respondeu:

— Algumas são nativas daqui, outras eu trouxe quando vim.

Henrique tornou a perguntar:

— Quando o senhor veio para cá, veio para ficar?

— Vim para ficar. Não me chame de senhor.

— E não gosta das cidades?

— Não. Prefiro viver nas florestas, ser livre, fazer o que quiser. Sou muito esquisito.

Henrique olhava para ele achando-o extraordinário; tornou a perguntar:

— E não se importa em viver sem falar com ninguém?

— Não. Sempre gostei de falar pouco; e aqui falo com meus companheiros. São excelentes porque não respondem e estão sempre contentes.

Foram interrompidos por gritos estranhos vindos da floresta; Simão foi olhar pela abertura da gruta enquanto o coração de Henrique deu um salto no peito: não seria Eduardo? Devia ser Eduardo que descobrira o caminho da caverna.

Não era. Era um bando de macacos trazendo um macaquinho doente para Simão curar. Foi uma das coisas mais extraordinárias que Henrique viu naquela ilha; todos os macacos ficaram à volta da gruta e com gestos e guinchos mostravam o doente a Simão. O doente era um pouco maior que os outros e estava com uma perna quebrada.

Simão examinou-o muito bem, depois fez duas talas de madeira fina e colocou-as na perna do animal; em seguida deu uma bebida para o doente tomar; ele bebeu o remédio fazendo caretas horríveis e cuspindo. A macacada olhava em silêncio o trabalho de Simão; quando terminou, ele fez um gesto dizendo que podiam ir embora. O bando dispersou-se num instante entre os galhos das árvores; o doente foi coxeando atrás de todos. Henrique perguntou:

— O senhor também é médico deles?

— Faço o que posso — respondeu Simão. — Curo aqueles que posso curar; eles sabem disso, por isso vêm me contar tudo o que acontece e pedir socorro. Tenho curado aves, veados e outros bichos que aparecem. Uma vez também estive doente, com muita febre, e todos eles vieram me visitar como se quisessem fazer alguma coisa por mim. Os micos davam-me água para beber, Boni trazia frutas, todos me trataram um pouquinho. A oncinha não me largava dia e noite.

Henrique sentia-se cada dia mais admirado. Nunca pensou que existissem homens como Simão.

9 No mundo da macacada

Henrique estava vivendo uma vida tão estranha que às vezes parecia sonho. Acompanhava Simão todas as manhãs ao banho no lago, depois iam pescar. Às vezes trabalhavam na horta ou limpavam o pomar, sempre juntos.

O veado Lucas aparecia quase todos os dias, muitas vezes acompanhado por mais dois ou três companheiros. A oncinha vivia na caverna como se fosse um gato numa casa; dormia durante o dia e saía à noite para caçar. Lambia as patas e o pelo, passava as patas na cara como se a lavasse, deitava-se de barriga para cima e muitas vezes brincava com os micos.

Henrique já estava acostumado com todos os habitantes: a coruja, o morcego de asas compridas, a tartaruga, e com Um-Dois-Três-Quatro-Cinco.

Brincava durante horas com os miquinhos e já estava aprendendo a pular de um galho a outro com a maior facilidade. Era bem tratado e não tinha de que se queixar, pois todos eram bons para ele. Apesar disso, pensava sempre em fugir. Onde estaria seu

Henrique sentiu nesse momento o coração apertar-se de tristeza: onde estaria Eduardo?

irmão Eduardo? E os padrinhos? Como poderia viver sempre ali com Simão e os bichos? Não era possível. Tinha de dar um jeito e fugir; pensava todas as noites em planos de fuga.

Dias depois apareceu o macaco que havia quebrado a perna; apareceu com mais dois companheiros e trouxe cocos para os habitantes da caverna. Simão examinou a perna e tirou as talas; ele já estava bom, mas ainda mancava.

O macaco estava contente; saltava e dava guinchos como se quisesse exprimir seu agradecimento. Com a machadinha, Simão abriu os cocos e deu um para Henrique; ali mesmo tomaram a água de coco, que estava saborosa.

Em seguida os macacos convidaram Henrique para um passeio na floresta; com os braços estendidos, mostravam a mata repetidas vezes, depois andavam um pouco em direção a ela e voltavam outra vez; seguravam a mão de Henrique e tentavam arrastá-lo. Ele hesitou, Simão permitiria?

No mesmo instante, Simão disse que ele podia ir. Henrique pensou na fuga; apresentava-se agora uma ótima ocasião para fugir. Resolveu acompanhar os macacos; o macaco que Simão curara ia dando pulos pelo chão; às vezes saltava nos galhos baixos, estava sempre ao lado de Henrique; os outros haviam desaparecido nas árvores; iam pulando de galho em galho.

Andaram assim durante umas horas pelo meio da mata; Henrique olhava de um lado para outro procurando sinais de Eduardo. O irmão não teria passado por ali? E pensava na prainha; Eduardo devia estar na prainha esperando-o. Pensou em abandonar o macaco de perna quebrada e fugir, mas o "perna quebrada" não o deixava um minuto; às vezes subia rapidamente numa árvore, colhia uma fruta e a trazia para Henrique; apanhava algumas que Henrique não conhecia e nunca havia comido. Henrique saboreava a fruta e continuava a andar; assim caminhando, chegaram ao lugar mais sombrio da mata.

Henrique deu uns passos para o lado contrário tentando enganar o "perna quebrada", mas este estava alerta; correu, pegou a mão de Henrique e puxou-o para outro lado.

De repente pararam; o "perna quebrada" ficou à escuta como se ouvisse qualquer coisa; Henrique ouviu um zum-zum como se ali perto houvesse uma reunião de pessoas, mas os ruídos eram estranhos e ele ficou sem compreender. Escutaram durante uns segundos, depois viram um dos macacos descer de uma árvore próxima e fazer sinal para que o acompanhassem.

Silenciosamente, caminharam no meio da folhagem que nesse lugar era muito cerrada e Henrique percebeu que estavam cada vez mais próximos do tal barulho. De súbito pararam e olharam para cima: numa árvore gigante que havia ali ao lado, Henrique viu uma porção de macacos sentados, alguns entre os galhos, outros de pé em atitude zangada, outros em atitude humilde.

Os companheiros convidaram Henrique a subir numa árvore ao lado, como se fossem assistir a um espetáculo. Henrique, que só usava um calçãozinho para facilitar os movimentos e estava cada dia mais perito nesse exercício, subiu agilmente. Sentou-se num dos galhos mais altos acompanhado pelo "perna quebrada" e os outros dois. Olhou a cena: diante dele, na árvore gigante, havia uma reunião de macacos. Seriam uns trinta ou mais, alguns ainda moços, outros com cara de velhos, sonolentos; uns quietos, outros confabulando com os vizinhos. Henrique pensou: "O que será isso? Parece que eles também têm juízes e vão julgar algum criminoso. Que será?"

Percebeu quase imediatamente que era uma espécie de júri no qual estavam julgando quatro macaquinhos que haviam cometido um erro qualquer. Henrique arregalou os olhos de espanto; achou tudo tão interessante que se esqueceu de fugir. Os quatro culpados estavam juntos, um ao lado do outro, num galho do meio; olhavam para o chão, envergonhados e arrependidos. Em outro galho comprido estavam as testemunhas; eram umas vinte. Às vezes, quando interpeladas por meio de gestos e guinchos, ficavam de pé e acusavam os culpados apontando os braços e guinchando.

O macaco mais velho, que parecia o juiz, tinha pelos brancos na cabeça e no queixo; estava ao lado de mais dois macacos velhos, todos sentados confortavelmente num galho grosso.

Os outros macacos, espalhados pela galharia, eram os assistentes; às vezes faziam sinais entre si e davam saltinhos no mesmo lugar, manifestando entusiasmo.

Com a máxima atenção, Henrique olhava, admirado. Em certo momento, uma das testemunhas começou a falar; saltou para o chão, enrolou uma fruta na ponta da cauda, voltou para o galho e mostrou-a para toda a assistência virando-se para todos os lados; a assistência, silenciosa, olhava a fruta, causa do julgamento: era um maracujá.

Os culpados baixaram mais as cabeças; Henrique percebeu que o crime fora roubo. Eles, com certeza, haviam roubado frutas de algum companheiro. Quando a testemunha parou de mostrar a fruta e fazer gestos e depositou o maracujá no chão, Henrique viu um monte de maracujás, mangas e jataís. Os jataís eram enormes e eram chamados, na ilha, de pão-de-ló-de-mico.

O roubo havia sido grande. Um macaquinho magro e nervoso pulou para perto dos culpados e, apontando-os com a mão direita estendida, começou a guinchar; Henrique supôs que fosse o advogado de defesa e "falando" a favor dos culpados. Fazia gestos engraçados e, cheio de dengues, coçava a barriga a todo o momento e fazia caretas para a assistência boquiaberta.

Percebia-se que ele queria provar que o roubo não tinha a importância que os outros estavam dando; roubar frutas não é crime. Os quatro culpados sentiram-se mais alegres e animados;

levantaram as cabeças e encararam o juiz; este coçou a barba branca e ficou escutando.

Quanto mais o advogado fazia gestos e dengues e mostrava as frutas com ar de pouco-caso, mais os quatro macaquinhos ficavam animados no galho; pareciam rir. Um chegou a mudar de posição e mostrou os dentes à assistência; estava rindo. Houve um silêncio depois que o macaquinho advogado terminou a defesa.

Os outros todos ficaram ansiosos esperando o resultado, mas a sessão ainda não terminara; apareceu um macaco grande, de rabo mais comprido que os outros; antes de começar a guinchar, ficou dependurado pela cauda bem na frente dos quatro culpados e começou a fazer caretas; era a acusação. Discursou acusando os quatro culpados; deu urros, saltos, pulos; mostrou as frutas no chão, depois tomou uma delas com a mão e encostou-a quase no nariz do juiz. O macaco velho recuou e fez um gesto de enfado como quem diz: "Pra que tanto barulho?"

A assistência gozava com tudo o que via. Henrique percebeu que a sessão se iniciara algumas horas antes da sua chegada; os assistentes comiam e jogavam os caroços de fruta nas cabeças dos que estavam mais abaixo. Outros levantavam-se, davam umas voltas e vinham outra vez esperar o resultado do julgamento.

Aqueles que eram atingidos por caroço de fruta na cabeça ficavam furiosos e queriam avançar no agressor, mas os outros pediam silêncio.

De súbito o advogado de acusação, que estava de pé ao lado das frutas, dependurou-se pelo rabo e continuou a fazer caretas de cabeça para baixo; parecia acusar fortemente os quatro réus pedindo uma boa surra para cada um deles. E então, talvez para mostrar o castigo que devia ser aplicado aos culpados, pegou uma varinha e surrou a si próprio. Nesse momento houve grande algazarra entre a macacada; os parentes dos acusados começaram a se

lamentar e a guinchar todos ao mesmo tempo em sinal de protesto; olhavam para o juiz pedindo socorro. Ele era quem devia decidir; o macaco velho tornou a coçar a barba branca, piscou repetidas vezes os olhos e, inclinando-se para os lados, consultou os companheiros que pareciam tão velhos quanto ele.

Como a assistência continuasse a se manifestar ruidosamente, o juiz guinchou forte como a pedir silêncio; não foi atendido. Então o juiz e os dois companheiros ao seu lado começaram a jogar bolotas com toda a força sobre os assistentes barulhentos. Henrique não percebeu de onde saía tanta bolota; diante de tal tiroteio, a assistência resolveu comportar-se melhor.

Ficaram quietos; o juiz preparou-se para "falar". Os quatro rebeldes, tão animados durante a defesa, estavam agora de cabeça baixa, humildes e tristonhos. O juiz levantou-se com toda imponência, o rabão erguido; andou de um lado para outro sobre o galho entre os dois companheiros que se afastaram respeitosamente.

Um assistente, sentado num galho acima do juiz, deu um palpite qualquer. O "magistrado" percebeu quem havia cometido o desacato e resolveu castigar o malcriado, dando-lhe com a ponta da cauda uma pancadinha não muito leve; o barulhento quase caiu de cima do galho e por isso resolveu ficar quieto e não se manifestar mais.

O juiz, que tinha uma barriguinha redonda, piscou repetidas vezes, coçou-se todo e começou a "discursar"; de vez em quando parecia pedir opinião a doze macaquinhos que estavam num galho separado e que deviam ser os jurados.

Os jurados ouviam com atenção a arenga do juiz e de quando em quando sacudiam a cabeça como que confirmando. Qual seria a sentença? A expectativa era enorme entre a macacada; não tiravam os olhos do juiz. Alguns parentes dos quatro réus protestavam enquanto outros pareciam chorar, e os quatro condenados esperavam a sentença.

O advogado de acusação, o tal de rabão comprido, parecia rir; batia as mãos uma na outra, todo satisfeito. De repente o juiz deu a sentença; coçou primeiro a barriga, piscou, sussurrou qualquer coisa aos dois vizinhos, depois fez gestos mostrando a sentença: os quatro réus precisavam levar uma boa surra para aprenderem que roubar do próximo é crime. Não era preciso uma surra muito grande porque há crimes piores, mas os quatro ladrõezinhos mereciam uma surra bem regular.

Henrique percebeu tudo isso quando viu os quatro macaquinhos esconderem as cabeças entre os braços, muito assustados. O advogado de defesa aproximou-se deles como a dar-lhes coragem enquanto o de acusação dependurou-se pela cauda para assistir melhor ao espetáculo.

O juiz deu a ordem; então os doze jurados desceram do galho, pegaram os quatro réus e os levaram para baixo; começou a pancadaria.

A assistência guinchava numa torcida danada; uns aprovaram o juiz, outros eram contra, de modo que se formaram dois partidos. As quatro vítimas apanhavam com cipó e o cipó zunia no ar: plaf! plaf! plaf! Alguns tapavam os ouvidos para não ouvir os gritos dos infelizes condenados, deviam ser os parentes ou amigos dos réus. Outros pareciam bater palmas de contentamento.

O advogado de acusação estava tão satisfeito que se balançava de um lado para outro, seguro apenas pela ponta do rabo; achava que a sova era bem-merecida.

O juiz esperava o resultado sentado no mesmo lugar entre os dois companheiros mais velhos, estava tão acostumado com essas cenas que nem olhava. Distraía-se catando pulgas no pelo com toda calma.

No chão, onde os quatro macaquinhos apanhavam, via-se apenas uma mistura de rabos, patas, cabeças, caretas, guinchos, mãos pretas, não se sabia mais quem estava apanhando nem quem estava surrando.

Afinal veio a ordem de cessar o castigo; o juiz fez sinal com a mão e todos olharam para ele. Então os quatro surrados ficaram em liberdade e foram imediatamente socorridos pelos parentes aflitos; os quatro se lambiam para se consolar.

A assistência começou a dispersar-se de galho em galho, ainda comentando o acontecimento do dia. O juiz e os companheiros sentaram-se no chão e começaram a comer as frutas, causa de tanta infelicidade. Os dois advogados também deixaram o local, partindo cada um para um lado.

Amparados pelos pais inconsoláveis, os quatro que haviam levado a surra foram embora coçando as partes doloridas, enquanto o monte de frutas diminuía a olhos vistos, diante do juiz e dos companheiros. Para se divertirem, jogavam os caroços de mangas e as cascas de maracujá nas costas dos que iam embora; estes não reclamavam porque o juiz era respeitado.

Nesse ponto, Henrique, que estivera inteiramente absorvido por essa cena extraordinária, procurou seus companheiros e não os encontrou. Estava só; com certeza os que o haviam trazido tinham descido para tomar parte no barulho. Resolveu então fugir. Quando encontraria melhor ocasião? Desceu sorrateiramente da árvore e pisou o chão coberto de folhas úmidas. Essa parte da floresta era muito sombria, pois nela o sol raramente entrava.

Ele foi andando passo a passo, um pouco nervoso, um tanto ressabiado. De vez em quando olhava para trás e espiava o juiz, que continuava a devorar as frutas, auxiliado pelos companheiros e pelo advogado de acusação, que voltara, com certeza a convite do juiz.

De repente, pan! Um caroço de jataí na cabeça de um macaco que ficara para trás, o bichinho coçava a parte atacada e lambia o pão-de-ló-de-mico.

Henrique deu mais alguns passos, todo esperançoso; quando já estava longe da árvore gigante, certo de que estava livre, sentiu um rabo escuro e peludo enrolar-se na sua perna; era o "perna quebrada" que o havia trazido para assistir ao júri. Henrique tentou resistir e correr, procurando desenlear-se da cauda peluda; conseguiu desenrolar o rabo preto e dar mais uns passos. Qual! Outros rabos peludos apareceram por todos os lados e ele foi envolvido num instante pela macacada alvoroçada.

Ele percebeu que, se resistisse mais, apanharia com cipó, como vira fazerem aos quatro condenados; então resolveu acompanhar docilmente o "perna quebrada". Assim voltou para a caverna de Simão.

Ainda olhou para trás e viu o juiz atirando cascas de frutas nos que estavam atrasados; recebeu também um caroço de pão-de-ló-de-mico bem no meio da cabeça. Henrique sentiu uma dorzinha e quis voltar para jogar um caroço no juiz, mas os companheiros puxaram-no para diante.

Sentiu-se desanimar dessa vez. Como poderia fugir, vigiado por toda a bicharada? Quando veria Eduardo novamente?

Simão esperava-o com o jantar preparado; nesse dia havia ovos de sabiá com fatias de pão. Henrique dilatou os olhos de espanto:

— Onde é que você arranjou este pão? Foi você que fez? Com o quê?

Simão achou graça e respondeu:

— Este pão é tirado de uma árvore chamada fruta-pão; é uma planta nativa das ilhas do Pacífico.

Henrique comeu mais um pedaço, cheio de admiração:

— Então o senhor esteve lá nessas ilhas?

— Estive há muitos anos; consegui transplantar um pé de fruta-pão aqui na ilha, infelizmente só uma planta. Não me chame de senhor.

Henrique quase não acreditava no que ouvia. Perguntou:

— E como é que se prepara, Simão? É só colher e comer?

— Põe-se a fruta no forno e em poucos instantes ela fica como pão. Coma mais um pedaço.

Henrique ficou pensando que Simão era meio mágico; tiveram como sobremesa mel de abelhas e mangas deliciosas. Henrique contou então o espetáculo a que assistira; Simão sorriu e disse que no fundo das florestas acontecem coisas extraordinárias, tão extraordinárias que os homens das cidades nem podem imaginar. E que certamente iria presenciar outras coisas estupendas e dignas de admiração.

10 *Henrique continua prisioneiro*

No dia seguinte toda a ilha estava silenciosa. Simão convidou Henrique para uma pescaria na beira do rio; foram de manhã bem cedo levando iscas para os peixes e almoço para ambos.

Os animais que viviam na gruta ficaram entretidos em seus afazeres; os micos estavam passeando, Boni fazendo visitas aos amigos, a tartaruga na beira do lago tomando banho; era muito asseada e tomava vários banhos por dia. A coruja, o morcego e a oncinha estavam dormindo depois de terem se divertido durante a noite inteira.

Henrique seguiu Simão; essa parte do rio era desconhecida para Henrique; ele não sabia onde ficava, nem se era longe do lugar onde Eduardo e ele haviam posto o pé na ilha pela primeira vez.

Sentia às vezes tantas saudades do irmão que nesse dia resolveu falar com Simão; estavam sentados um perto do outro; de súbito Henrique perguntou:

— Simão, este lugar fica longe daquele onde você me encontrou?

— Fica — disse Simão.

— Muito longe?

— Muito longe.

Ficaram quietos um instante e Simão pegou um grande peixe que tirou do anzol e colocou na cesta de cipó que ele havia tecido, Henrique resolveu continuar:

— Bonito peixe. Simão, você não tem parentes?

— Não tenho ninguém.

— Então é por isso que você não se importa de viver aqui sozinho.

Simão não respondeu; Henrique sentiu um movimento no anzol; puxou-o e viu um peixe brilhante pulando no ar; tirou-o e colocou-o na cesta. Jogou novamente o anzol e perguntou:

— Você não me deixa mais voltar para casa?

— Não sei — respondeu Simão.

— Por que não quer me deixar voltar?

Simão olhou aborrecido para Henrique:

— Porque a primeira coisa que você vai fazer ao chegar lá é contar que aqui existe um homem barbudo que leva uma vida muito esquisita no meio da bicharada. E toda a gente virá aqui me procurar ou me caçar como se eu fosse um animal feroz e adeus minha tranquilidade. Não terei mais sossego.

Henrique ficou de pé e até deixou escapar um peixinho:

— Se o senhor não quiser que eu conte, não contarei nada, Simão. Se é por isso, pode ficar descansado. Juro ao senhor que nunca contarei nada a pessoa alguma, nem aos meus pais, nem ao meu irmão Eduardo.

Simão deu uma risada esquisita:

— Olhe, menino. Já vivi entre os homens e sei que eles juram falso. Muitas vezes fui enganado por eles, agora não me enganam mais. Não creio em sua palavra. Já disse que não precisa me chamar de senhor.

Henrique fez cara de choro:

— Mas eu juro, Simão. Pode crer em mim; eu juro que não contarei nada. Digo a todos que fiquei perdido na ilha e me alimentei de raízes e frutas, mas nada direi sobre você, nem sobre a caverna...

Continuaram a pescar e não falaram mais; Henrique ficou pensando de que maneira poderia convencer Simão. Em último caso, ele fugiria, havia de fugir de qualquer jeito. De repente, Simão disse:

— Meu anzol quebrou-se. Você é capaz de voltar sozinho à gruta e trazer mais anzóis? Estão dentro de uma cestinha.

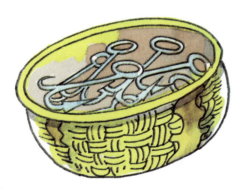

Henrique confirmou com a cabeça; Simão explicou bem o caminho, ele levantou-se e foi. Caminhou em direção à caverna com uma ideia fixa na cabeça: fugir. Quando poderia encontrar melhor ocasião do que aquela? Nem o papagaio Boni, nem o veado

Lucas, nem os micos careteiros, nem a oncinha, ninguém estava a segui-lo.

Resolveu ir diretamente à caverna, quem sabe Simão o estava seguindo. Lá arranjaria alguma coisa para comer no caminho e tomaria outro rumo. Sabia de que lado devia seguir para encontrar a prainha, tinha certeza de que a encontraria. Levaria também a machadinha de pedra que vira dependurada na parede da gruta; Simão tinha várias iguais àquela.

Animado com essa ideia, dirigiu-se diretamente à caverna; de quando em quando parava para escutar se alguém o estava acompanhando; não percebeu nada. Nas proximidades da gruta, parou outra vez. Só silêncio.

Contornou a caverna, passou pelo lago onde tomavam banho e viu a tartaruga deitada na margem; ela nem olhou.

Com o coração batendo fortemente, Henrique subiu a escadinha de cipó e espreitou para dentro da caverna; viu a coruja cochilando num pau que fora posto lá para ela e o morcego dormindo profundamente dependurado no teto. Sem perder tempo, ele vestiu o paletó que estava aí num canto, pois desde que chegara não o usara mais; encheu os bolsos de ameixas, bebeu a bebida que Simão fazia de frutas fermentadas e dizia que era fortificante, tomou a machadinha e amarrou-a à cintura. Pegou também uma vasilha de madeira que servia para carregar água, olhou à volta como se se despedisse e saiu sorrateiramente. Desceu a escada olhando para os lados e tomou rumo da floresta. Foi andando na direção onde devia ficar a prainha, mas tinha um medo louco de se enganar. De vez em quando tirava uma ameixa-amarela do bolso e comia. Foi andando... Estaria certo? Reparou que o sol estava bem em cima da sua cabeça, devia ser meio-dia; aprendera com Simão a conhecer as horas pelo rumo do sol.

Sentiu que o solo estava muito úmido, na véspera havia chovido; de repente escorregou e, para não cair, segurou-se a uma planta que havia ao lado; foi como se recebesse golpes ou navalhadas nas mãos; ficou todo ferido. Que planta seria aquela? Nunca encontrara coisa semelhante.

Parou um pouco para descansar; estava suando pois já se habituara a não usar paletó e agora estranhava o calor e o peso nas costas. Tomou uns goles de água e comeu ameixas, encostado no tronco de uma árvore. Viu as mãos cheias de sinais vermelhos e doloridos; parecia ter recebido navalhadas.

Nesse instante ouviu um grito, não percebeu se era de papagaio ou outro animal; outro grito respondeu mais perto. Seu coração deu um salto; estavam à sua procura. Simão contara uma vez que havia uma espécie de telegrafia sem fio na ilha. Um animal avisava outro do perigo, qualquer que ele fosse, e todos se preveniam. Trêmulo, Henrique deitou-se no chão, cobriu-se com uns galhos que cortou rapidamente com a machadinha pois já aprendera a lidar com ela e ficou imóvel, esperando.

Ouviu mais gritos, uns muito longe, outros mais próximos; estavam em comunicação. De repente sentiu uma picada forte nas costas, outra no pescoço; olhou e viu formigas negras que avançavam sobre seu corpo. Horrorizado, deu um pulo e esfregou-se todo, esmagando formigas por todos os lados. Nas partes onde elas haviam mordido, nos braços, nas pernas, no pescoço, a pele ficou inflamada e muito dolorida.

Tirou o paletó, procurou mais formigas, matou todas as que encontrou e teve vontade de chorar. Tivera tão pouca sorte que se deitara justamente ao lado de um formigueiro. Agora iam descobri-lo no mesmo instante; caminhou ao acaso sentindo dores pelo corpo e sem saber mais o rumo a tomar. Estava desorientado e triste. Como encontrar seu irmão Eduardo? Não havia mais esperança de sair da ilha; estava sendo vigiado e Simão nunca permitiria. O que fazer?

Ouviu gritos próximos; olhou para cima e procurou algum conhecido entre as árvores. Seria algum dos Cinco? Desejou nesse instante voltar para a caverna e pedir um remédio para suas dores do corpo e para as navalhadas das mãos. Simão tinha remédio para tudo.

Ouviu um barulhinho nas folhas, bem sobre sua cabeça; olhou. Lá estavam Um-Dois-Três-Quatro-Cinco espiando e fazendo caretas para ele. Pareciam rir do rosto desanimado de Henrique. Um fez sinal que o acompanhasse, Henrique obedeceu. Outros dois desceram e mostraram a Henrique as frutas que traziam, eram bananas-de-mico. Fazendo piruetas, subindo nos galhos, balançando-se um instante e atirando-se para a árvore da frente, os micos da caverna foram mostrando o caminho a Henrique.

A inflamação das mordidas das formigas doía cada vez mais e Henrique sentia dor de cabeça e mal-estar.

Quando chegaram ao planalto, Henrique avistou Simão de pé na entrada da gruta, um ar severo. Sem dizer nada, mandou-o subir a escadinha de cipó; lá dentro, examinou as mãos doloridas de Henrique e disse que isso devia ter sido causado por uma árvore chamada navalha-de-macaco que cortava mesmo como navalha. Passou uma pomada sobre as mãos, depois examinou as mordidas das formigas negras, passou um bálsamo sobre elas, deu uma bebida a Henrique, depois disse:

— Eu mandei você buscar o anzol só para experimentar; tinha certeza de que tentaria a fuga. Já avisei e torno a avisar que ninguém deixará a ilha sem minha ordem, é inútil tentar fugir. A telegrafia sem fio trabalha noite e dia, é inútil qualquer tentativa para iludi-la.

Henrique baixou a cabeça sem nada dizer; à hora do jantar, já se sentia muito melhor das mordidas e das navalhadas. Comeu peixe, pois estava com muita fome; depois Simão ofereceu-lhe

*Nesse instante ouviu um grito.
Seu coração deu um salto; estavam à sua procura.*

uma espécie de doce de coco que Henrique saboreou com prazer. Então, Simão explicou que aquele coco não era propriamente coco; tinha quase o mesmo gosto, mas era tirado do tronco do jaracatiá. O jaracatiá era uma árvore grande, mas oca por dentro, tinha só casca; dentro continha uma polpa com gosto de coco, e as suas frutas eram comidas pelos macacos e micos do mato; a fruta era chamada "banana-de-mico". Um-Dois-Três-Quatro-Cinco devoravam as bananas, carteando para Henrique.

Depois do jantar Henrique resolveu pedir desculpas a Simão do que havia feito; explicou que às vezes sentia muitas saudades dos seus, por isso tentara a fuga. Elogiou o jantar e a sobremesa dizendo que Simão cozinhava que era uma beleza.

Meia hora depois já não sentia dores no corpo. Agradeceu a Simão o bálsamo milagroso, assim como a pomada. Simão disse que rara é a árvore que não faz benefícios à humanidade; de cada uma delas tira-se ou uma fruta ou uma flor ou um remédio ou um bálsamo para alimentar ou curar os homens.

11 *Morte na ilha*

Simão costumava destinar cada dia da semana à realização de uma determinada tarefa; o dia seguinte ao da tentativa de fuga de Henrique era dia de tecer. Simão tecia uma espécie de sandálias feitas com cipó-imbé, maleável como couro; com esse mesmo cipó, tecia certas roupas para seu uso, cestos para carregar frutas, peixes etc. Em pouco tempo, Henrique aprendeu a tecer;

teceu para si umas sandálias muito cômodas e roupas para forrar sua cama.

Os Cinco queriam tecer também, mas não podiam aprender; então ficaram na frente de Henrique imitando todos os seus gestos, o que provocou grandes risadas. Quando viram que não conseguiam nada, foram buscar os "pentes-de-macaco" para se pentear; cada um tinha um pente e o guardava cuidadosamente num canto da caverna.

Esse pente era uma fava grande, espinhada, tirada de uma certa árvore; quando não tinham o que fazer, os Cinco iam se pentear; e, quando cansavam de se pentear, iam se catar. Henrique não sabia se eram pulgas o que eles catavam uns nos outros, entre caretas e guinchos.

Enquanto teciam, a oncinha chegou; farejou o ar e deitou-se aos pés de Simão como se fosse um gato. Simão contou a história da oncinha; encontrara-a rodando rio abaixo, ferida no pescoço. Tratara dela, curara o ferimento e ela nunca mais se fora; ficara na ilha vivendo com Simão e os outros animais em íntima camaradagem.

Nesse dia ao almoço tiveram carne de capivara com abóbora e como sobremesa mandioca cozida adoçada com mel. A batata-doce da ilha era tão doce como se tivesse açúcar e Henrique comia-a quase todos os dias. Depois do almoço, Simão olhou o céu dizendo:

— Duas horas já, vamos continuar nosso trabalho.

Já estava começando a anoitecer quando pararam para tomar água de coco verde; então viram o veado Lucas chegar correndo, subir para o planalto e encostar-se às pernas de Simão quase sem fôlego. Simão admirou-se e perguntou como se o veado pudesse responder:

— O que há, Lucas? Aconteceu alguma coisa?

E passou a mão pela testa do animal; Lucas não sabia falar por meio de palavras, mas fez gestos mostrando a Simão o que ele queria e foi como se tivesse falado. Caminhou para o lado da mata, voltou outra vez e olhou Simão; encostou o focinho na mão do homem como que o convidando a acompanhá-lo. Simão compreendeu; disse a Henrique que guardasse os trabalhos que estavam fazendo e se aprontasse, pois com certeza iriam andar a noite toda. Entraram na caverna e prepararam-se para a longa caminhada. Henrique perguntou:

— O que foi, Simão? O que aconteceu com Lucas?

— Não sei ao certo, mas alguma coisa houve, senão Lucas não viria me chamar; algum dos companheiros dele está doente ou ferido, não sei ainda. Você não viu como ele pede para que eu o acompanhe? Vamos ver o que é.

Dizendo isso, Simão preparou paus resinosos que serviriam de tochas na escuridão da mata e arranjou a cesta com farnel e água pura. Depois os dois puseram as machadinhas na cintura; antes de sair, Simão colocou remédios feitos por ele mesmo numa caixa de madeira, talvez esses remédios fossem precisos.

Enquanto isso, Lucas esperava do lado de fora andando de um lado para outro, muito aflito. Algumas vezes punha a cabeça na entrada da gruta e olhava para ver se Simão estava pronto.

Afinal os três deixaram a caverna e encaminharam-se para a mata; Boni foi com eles enquanto a oncinha ficava tomando conta da morada de Simão. Andaram durante umas duas horas sem parar; Lucas ia na frente mostrando o caminho, depois vinha Simão e Henrique um pouco mais atrás. Boni ia às vezes no ombro de Henrique ou de Simão muito bem refestelado. Às vezes conversava com Simão como dois velhos amigos; Henrique não podia deixar de rir quando Boni avisava que o caminho estava ruim.

— Cuidado, Simão, você cai! Olhe o buraco!

Simão respondia:

— Eu tenho cuidado, Boni. Não se incomode.

Às vezes Boni prevenia Henrique:

— Rique! Rique! Não vá por esse lado. Tem cobra.

Boni tinha muito medo de cobra; Simão contara que uma vez uma cobra quase matara o papagaio; ele estava distraído num galho de árvore, a cobra veio de manso e já ia dar o bote quando Simão deu um grito avisando; foi só o tempo de Boni voar e assim escapou da bicha. Desde esse dia, Boni ficara medroso, pois conhecia o perigo; quando via alguma coisa se mexendo no chão, ficava com as penas alvoroçadas e dava gritos de medo. Às vezes não era nada, ou apenas um serelepe procurando frutas.

Depois de duas horas de marcha, Simão parou para comerem alguma coisa; após terem comido, beberam água e continuaram. A noite estava cerrada; ouvia-se o cri-cri dos grilos nas moitas, um ou outro grito de animal vindo da folhagem mais fechada. De repente Lucas parou farejando o ar; olhou à direita e à esquerda, com ar receoso. Simão perguntou baixinho:

— O que há, Lucas? Está ouvindo alguma coisa?

Pararam todos e ficaram escutando. Não se ouvia nada, mas Simão percebeu que o veado estava com medo; resolveu acender uma tocha e procurar o que estava assustando Lucas. Abriu sem fazer o menor ruído a caixa de madeira onde guardava os remédios e também os pauzinhos que ele chamava de fósforo; eram uns paus pequenos e tão secos que, ao esfregar com força um no outro, pegavam fogo sem demora. Aliás, Simão estava tão perito nisso que num instante aparecia uma faísca, como se fosse mesmo um fósforo que se acendesse.

Como Simão era homem previdente e sabia que não tinha outros recursos senão os que ele mesmo arranjava, trazia sempre uma brasa na sua caixinha. Num instante apareceu uma luzinha e Simão acendeu uma das tochas que Henrique levava entre as mãos. Olharam à volta examinando o lugar onde estavam; era mato cerrado e úmido; havia cipós trançados entre uma árvore e outra.

Os olhos de Lucas estavam assustados e fixos nos cipós; Boni ficou com as penas assanhadas e com os olhinhos redondos procurava alguma coisa no chão. Seriam os cipós que teriam assustado Lucas?

Simão levantou a machadinha e ia cortar o cipó mais grosso que havia à sua frente, quando ouviu um grito aflito de Boni; Boni estava no ombro de Henrique e gritara de medo. Simão ficou parado com a machadinha no ar e procurou Lucas; este tremia encostado a um tronco de árvore. Henrique com a tocha acima da cabeça iluminava a cena e disse baixinho a Simão que não vira nada a não ser os cipós trançados acima da cabeça dos companheiros. O que seria?

A resina da tocha crepitava de leve; não havia vento nesse lugar e tudo estava parado, imóvel; até a chama da tocha não se movia. Simão levantou novamente o braço e deu a machadada nos cipós; eles todos se movimentaram e um deles, o mais grosso, ficou dependurado no espaço sem parar de mexer; Simão recuou, horrorizado, e empurrou Henrique para mais longe; Boni caiu no chão dando gritos de terror; bateu as asas, assustado, sem poder falar. Depois gritou com a vozinha fina:

— Cuidado, Simão. É cobra.

E desta vez era mesmo. Na frente deles, dependurada pela cauda, uma cobra enorme cor de cipó procurava dar o bote; o que Simão e Henrique julgavam ser cipó era cobra. Ela fora ferida e, desesperada, procurava morder os que estavam mais próximos. Todos

Todos recuaram, mas Simão voltou com a machadinha e deu-lhe outro golpe; ela foi cortada pelo meio.

recuaram, mas Simão voltou com a machadinha e deu-lhe outro golpe; ela foi cortada pelo meio. Caiu ao chão em dois pedaços que ainda ficaram fazendo movimentos. Lucas, que havia recuado, voltou para olhar, ainda trêmulo de susto. Boni, quase morto de medo, fechava os olhos com força sem coragem de olhar. Simão apenas disse:

— Vamos continuar a marcha. Para a frente, Lucas.

Henrique assistira a toda a cena e admirara muito a coragem de Simão; mas não disse nada e continuou a andar atrás dele; ia agora com a tocha acesa para iluminar a mata. Mais adiante, falou:

— Simão, você não tem medo de nada. Admiro sua coragem; eu não seria capaz de fazer o que você fez.

Simão sorriu e respondeu:

— O que eu havia de fazer, Henrique? Sair correndo e deixar a cobra venenosa no meio dos cipós? A gente às vezes aprende a ser valente.

Henrique respondeu:

— Não, creio que você não aprendeu, nasceu valente. Eu queria ser assim...

— Se você vivesse sempre na mata, seria assim.

Caminharam mais duas horas, afinal pararam para tomar água numa grota; desceram cautelosamente por trás de uma grande pedra e chegaram a uma nascente que havia lá embaixo entre avencas e samambaias; beberam a água puríssima e Henrique disse:

— Ih! Está tão fria que parece gelada.

Boni também quis beber, mas não achou graça; Lucas bebeu em grandes goles. Subiram novamente o caminho que estava bem trilhado por animais que costumavam ir beber na nascente. Henrique sentia-se cansado e de novo com fome, mas não se queixava para não interromper a marcha.

Chegaram afinal a um lugar muito limpo no meio da floresta; ali não havia cipós, nem folhagem cerrada; divisava-se longe através dos troncos das árvores. Era um bosque de pinheiros, com o chão forrado de folhas secas; havia entre as árvores uma plantinha rasteira que dava uma florzinha azul muito mimosa.

Viram então uma cena que Henrique jamais pôde esquecer: dois veados grandes rodeavam uma veadinha ferida na cabeça. Lucas, que caminhava sempre na frente, deu dois pulos e aproximou-se do grupo; parecia querer mostrar a Simão o que ele devia fazer. Simão olhou a veadinha e pediu a Henrique para iluminar o lugar com a tocha; acendeu outra tocha que ele mesmo colocou no chão e, ajoelhando-se ao lado do animal, começou a examinar a ferida. Era um ferimento de bala no meio da cabeça; não havia salvação, a veadinha ia morrer. O sangue corria sem parar.

Simão abriu a caixa de madeira, tirou o bálsamo que derramou sobre o ferimento, depois procurou extrair a bala, mas não a encontrou, pois o ferimento era muito profundo. Ficou amparando a cabeça do animal agonizante; olhou os veados que pareciam os pais da veadinha e viu lágrimas nos olhos deles; Lucas também chorava. Eram lágrimas verdadeiras que corriam dos olhos dos animais; pareciam sentidíssimos com a morte da veadinha.

Henrique nunca vira um animal chorar e ficou muito admirado olhando a cena; Simão murmurou:

— Os caçadores não têm coração. Matam um pobre animal inofensivo pelo prazer de matar. Veja você: matar um bichinho tão inocente, tão bonito, tão delicado. Para quê? Se fosse para saciar a fome, ainda bem, mas é para se divertir que eles matam. Matam por crueldade. Querem apostar para ver quem mata melhor, quem mata primeiro.

E Simão ficou de cabeça baixa olhando a veadinha que já estava morrendo. Henrique perguntou:

— Foram caçadores que fizeram isso?

— Quem mais se não eles? Matam os pobres animais só por divertimento; se gostam tanto de matar assim, deviam ir para a África caçar leões ou então caçar tigres na Índia. Isso, sim, seria medir forças. Mas matar um animalzinho destes que não faz mal a ninguém? É crueldade. Nem gostam da carne de veado, acham-na muito seca, dão para os cães. Mas matam, matam sempre. Por isso vivo sozinho, sou mais feliz assim. E olhe uma coisa, Henrique, os homens sofrem e são infelizes porque são maus. A maldade só pode trazer infelicidade.

Levantou-se e fez sinal a Henrique indicando que a veadinha já estava morta; Lucas e os outros dois veados aproximaram-se e começaram a lamber a cabeça do animal bem no lugar da ferida, de onde continuava a escorrer sangue.

Henrique teve vontade de chorar; como é que simples animais compreendiam que a companheira estava morta? Perguntou a Simão:

— Eles choram, Simão? Parecem gente chorando. Nunca vi isso.

— Choram — disse Simão tristemente. — Muitos animais choram assim como gente.

Henrique afastou-se para um lado e, sentando-se num tronco de árvore, ficou pensativo. Boni refestelou-se ao seu lado, convencido de que prestara um grande serviço vindo também: Simão, sentado de um lado, esperava o dia clarear. Logo os primeiros raios de sol atravessaram os pinheiros e iluminaram a cena; Henrique, que cochilara um pouquinho, acordou com uma bicada de Boni no seu nariz. Boni tinha esse costume: acordar os outros com bicadas no nariz.

Henrique olhou à volta e ficou impressionado com o que viu: havia mais veados à volta da veadinha, talvez uns dez. E todos pareciam sensibilizados com o que acontecera. Depois ouviu um barulhinho nas árvores e olhou; viu serelepes, macacos, aves de várias espécies que olhavam para baixo com ar entristecido. Perguntou a Simão:

— Eles vieram por causa da veadinha?

— Penso que sim — respondeu Simão. — Todos se compreendem na floresta.

Henrique tornou a perguntar:

— Simão, estamos no reino dos veados?

— Sim — disse Simão. — Quase todos moram neste bosque de pinheiros; só Lucas é que gosta de andar pela mata.

Henrique estava cada vez mais admirado:

— Então há homens caçando na ilha? Pois mataram a veadinha.

— Não — disse Simão. — Esta veadinha foi ferida numa das margens do rio; naturalmente os caçadores atiraram e, quando ela se viu ferida, nadou para cá; veio morrer no lugar onde nasceu.

— E o que será que ela foi fazer lá na margem?

— Ah! Muitos animais às vezes atravessam o rio deste lado que é mais estreito e vão procurar coisas para comer lá na margem. Com certeza foi isso que aconteceu; são animais bons que ainda não conhecem a maldade dos homens.

E tudo o que Henrique presenciou depois mais parecia sonho que realidade. Sabiás cantavam sem cessar entre os pinheiros como a chorar a morte da veadinha; baitacas, araras e papagaios desceram ao solo e ficaram ao redor dos veados, todos cochichando entre si como se comentassem o triste acontecimento. Até os pinheiros pareciam sentidos: o vento começou a passar entre eles e os galhos secos foram caindo em sinal de tristeza; o solo ficou forrado de galhos e folhas.

Henrique sentia admiração cada vez maior; seria possível o que estava vendo? Ou seria sonho? Viu os veados mais velhos arrastarem o corpo da veadinha para a margem do rio. Só então reparou que o rio corria ali perto do bosque de pinheiros. Com os focinhos, eles empurraram o corpo do animal até jogá-lo no rio e as águas do Paraíba levaram a veadinha para longe.

Voltando para o interior do bosque, Henrique viu Simão fechando a caixa de madeira e o veado Lucas ao seu lado; todos os outros animais haviam desaparecido, só o vento sacudia os galhos das árvores. Simão murmurou:

— Pobre Lucas!

E Boni, que era muito novidadeiro, respondeu três vezes com a voz esganiçada:

— Pobre Lucas! Pobre Lucas! Pobre Lucas!

Voltaram para a caverna onde chegaram à tarde, famintos e cansados; Lucas também voltou com eles. Deitou-se num canto da gruta e ficou quieto, como se dormisse. Simão preparou uma fritada de ovos e como sobremesa tiveram mangas que os Cinco haviam trazido aquela tarde do pomar.

12 A volta

Correram dois dias sem novidade. De manhã nadavam no lago, depois iam pescar ou tratar da horta. Quando não havia tarefa determinada por Simão, Henrique aprendia a subir nas árvores com Um-Dois-Três-Quatro-Cinco; pulava de uma árvore a outra e trepava pelos cipós até chegar ao topo, sem medo algum. Passava a tarde brincando com os animais e assim se fazia amigo de todos: até coçava a barriga da oncinha e ela, contente, ronronava então como gato, os olhos semicerrados.

Boni acompanhava-o por toda a parte e dizia o nome de Henrique cortado pelo meio. Gritava: "Rique! Rique!", com toda a força.

Uma tarde, Henrique estava muito triste sentado na beira do lago quando Simão aproximou-se e perguntou:

— Por que está triste, Henrique?

Henrique ficou muito perturbado e resolveu falar a verdade:

— Penso nos meus pais e no meu irmão Eduardo. Tenho saudades deles; lembro-me também dos padrinhos que moram em Taubaté e devem estar pensando que eu morri. Por isso fico triste às vezes. Mas gosto muito desta vida, muito mesmo.

Simão ficou pensativo, depois respondeu:

— Está bem, Henrique, gostei da sua franqueza; e sei que você precisa mesmo voltar. Quer voltar?

— Quero — respondeu Henrique imediatamente.

— Muito bem. Amanhã levo você até o meio do caminho e ensino de que lado fica a prainha e você irá até lá. Está contente?

— Estou sim. Muito obrigado.

Simão continuou:

— Quando perguntarem onde você esteve, você dirá que esteve com o homem barbudo e misterioso que mora na Ilha

Perdida. E tenho certeza de que ninguém vai acreditar em você.

Simão deu uma risada e Henrique respondeu:

— Pode ficar certo, Simão, de que nunca esquecerei sua bondade e a maneira como você trata os animais. Aprendi com você essa grande virtude.

Simão tornou a falar:

— Escute uma verdade, Henrique: quanto mais culto um povo, melhor ele sabe tratar os inferiores e os animais. Isso demonstra grande cultura e você nunca deve esquecer.

— Nunca esquecerei, Simão. Pode ficar certo.

À noite, Henrique quase não pôde dormir; pensava na volta. Eduardo estaria ainda na prainha? E se não estivesse? De que modo voltaria à fazenda dos padrinhos?

No dia seguinte cedo, preparou-se para partir, conforme Simão determinara; Simão queria que ele voltasse como viera, sem levar nada da caverna a não ser alguma coisa para comer no caminho. Queria que fosse com os mesmos sapatos e as mesmas roupas. Henrique perguntou:

— Não me deixa levar nem a machadinha como lembrança?

— Nada.

— Simão, deixa-me levar ao menos as sandálias que teci...

— Não — respondeu Simão.

Deu almoço para Henrique e alguma fruta para ele levar; depois de tudo pronto, disse:

— Então vamos. Acompanho você até o fim desta primeira floresta.

Antes de deixar a gruta, Henrique despediu-se dos seus habitantes; coçou a cabeça da oncinha, disse um adeus à coruja, ao morcego, à tartaruga, a Um-Dois-Três-Quatro-Cinco.

Deixou a caverna com o coração triste; Boni quis acompanhá-lo juntamente com Simão. Não pôde despedir-se de Lucas

que estava ausente desde o dia anterior. Partiram. Simão caminhava na frente, depois Henrique; Boni como sempre, ora no ombro de um, ora de outro. Durante o percurso, Henrique perguntou:

— Simão, quando eu estiver entre os meus outra vez, posso contar que estive aqui? Posso contar tudo o que vi ou não quer que conte nada?

Simão parou um pouco para refletir, depois disse:

— Henrique, estive pensando durante esta noite. Acho que você pode contar tudo o que viu porque ninguém acreditará; vão dar risada das suas aventuras e vão dizer que você inventou tudo isso, vai ver.

Na frente dele, Henrique tornou a falar:

— Mas, Simão, as pessoas que vivem no mundo civilizado são muito curiosas; são capazes de organizar uma expedição e vir aqui à ilha para saber se falei ou não a verdade.

— Deixa que venham — respondeu Simão —, ninguém me descobrirá. Sei esconder-me muito bem, assim como meus bichos. Tenho certeza de que não me encontrarão.

— Muito bem. Farei como você mandou, Simão.

Continuaram a andar por mais algum tempo no meio da floresta; de repente, Simão parou e disse:

— Henrique, vamos nos separar aqui. Indo direito por este lado, veja bem, você vai dar na prainha, não demora nem meia hora de marcha. Adeus e seja feliz. Quero ainda fazer um pedido a você, um pedido muito sério. Ouça bem, nunca maltrate os animais; seja sempre bom e caridoso para com eles, principalmente para esses que vivem conosco e nos prestam serviços. Nunca os maltrate. Ouviu bem?

— Ouvi — respondeu Henrique.

Henrique e Simão apertaram-se as mãos fortemente; Henrique disse:

— Obrigado, Simão. Nunca esquecerei o quanto você foi bom para mim; se algum dia eu puder voltar, voltarei. Você permite que eu volte para uma visita algum dia?

— Pode voltar, mas sozinho. Quando encontrei você na prainha, pensei que iria ter um companheiro daí em diante, mas vi você com tantas saudades da sua gente que resolvi fazer você voltar. Seja feliz.

— Uma coisa ainda, Simão. Se por acaso meu irmão Eduardo não estiver mais na prainha, o que farei? Ficarei sozinho até vir socorro? E se não vier nunca? Penso que não saberei voltar para a caverna.

Simão sorriu:

— Seu irmão Eduardo ainda está na prainha, tenho certeza. Pode ir descansado.

Henrique perguntou:

— Então a telegrafia sem fio andou trabalhando muito?

— Trabalha sempre — respondeu Simão. — Sei tudo o que se passa nos arredores. Seja feliz. Adeus!

Simão voltou as costas e entrou no mato outra vez sem dizer uma palavra mais. Henrique beijou a cabecinha de Boni:

— Adeus, Boni. Volte com Simão.

Boni compreendeu; gritou primeiro:

— Que pressa é essa, Simão? Espere um pouco!

Falou as mesmas palavras que Simão falava para ele quando estavam se aprontando para percorrer a floresta. Depois Boni bateu as asas e voltou para o ombro de Simão. De lá gritou bem alto:

— Rique! Rique! Adeus!

Henrique sentiu vontade de chorar, falou alto com a voz comovida:

— Adeus, Simão, e obrigado. Adeus, Boni!

Não ouviu resposta, já estavam longe. Caminhou na direção que Simão indicara e foi à procura da prainha. Vivera todos esses dias uma tão grande aventura que se contasse ninguém acreditaria, tinha certeza.

Andou mais de meia hora sem encontrar nada. Comeu a última fruta que trouxera e continuou a caminhar pelo mato adentro. Começou a ouvir o barulho do rio. Resolveu gritar:

— Eduardo! Eduardo!

Nada de resposta. Estava cansadíssimo, pois caminhava desde muito cedo e já devia ser tarde. Onde estaria a prainha? Resolveu sentar-se um pouco e descansar; recostou-se no tronco de uma árvore grossa e ficou quieto, com a cabeça encostada na árvore. Que horas seriam? Sem sentir, cochilou; acordou assustado, parece que ouvira um barulhinho. Seria sonho? Tornou a recostar a cabeça e dormiu profundamente. Não sabe quanto tempo dormiu assim; acordou com um frio esquisito no rosto e uma voz chamando:

— Henrique! Meus Deus! É Henrique mesmo!

Pensou que era Boni; ia dizer: "Boni, você voltou?" quando reconheceu a voz do irmão. Abriu os olhos e viu Eduardo na frente dele; estava magro, meio nu, os olhos fundos; passava um pano molhado no rosto de Henrique, era o resto da sua camisa. Falou para o irmão:

— Por onde andou, Henrique? Diga logo. O que aconteceu com você?

Henrique esfregou os olhos; não quis falar logo a verdade, deixou para mais tarde, senão Eduardo pensaria que ele não estava bom da cabeça. Disse:

— Estive perdido na floresta todo esse tempo. E você? Ficou sempre na prainha? Sozinho?

— Estive procurando você, depois desisti; estou fazendo a jangada para voltarmos para a fazenda dos padrinhos. Pensei que você tivesse caído no rio e se afogado. Quase morri aqui sozinho.

— Eu quis voltar, mas não consegui, Eduardo. Aconteceu tanta coisa comigo...

Eduardo estava curioso e queria saber tudo:

— O que foi? Conte depressa. Viu alguém na ilha?

— Vamos primeiro ver a jangada. Está pronta?

Eduardo entusiasmou-se:

— Está quase pronta; imagine você que se eu tivesse de trabalhar só com a faca decerto levaria um ano, mas encontrei outro dia na praia uma machadinha formidável. Quer ver?

Henrique acompanhou Eduardo; tinha a cabeça ainda atordoada, nem sabia onde estava. Perguntou:

— O que você comeu durante todo esse tempo? Você está magro, Eduardo...

— Comi frutas e raízes de árvores. E você?

— Comi de tudo, contarei depois.

Eduardo continuou:

— Quando voltei para a prainha naquela tarde não encontrei você. Onde você foi?

— Fui procurar frutas na floresta, depois encontrei Simão, o morador aqui desta ilha...

— O quê? Henrique, você está maluco? Na ilha não existe morador algum.

Henrique sorriu:

— Ora se existe... Vivi na caverna dele todo esse tempo. Com ele e os bichos...

Eduardo estava cada vez mais admirado:

— Que bichos?

— Uma porção de bichos: micos, papagaio, coruja, onça...

— Qual, você está sonhando...

Henrique perguntou:

— E aquela enchente terrível?

— Já acabou há muito tempo; creio que foi essa enchente que trouxe a machadinha para a praia. Venha ver.

Assim conversando, eles caminharam até o lugar onde estava a jangada. Eduardo trabalhara muito; não era uma jangada muito grande, mas os paus estavam bem amarrados com cipós e com certeza navegaria sem dificuldade. Henrique admirou-se:

— Como você trabalhou, Eduardo! E sozinho aqui?

— Sozinho. Apenas com esta machadinha que encontrei por acaso.

Quando Henrique olhou, reconheceu uma das machadinhas feitas por Simão; naturalmente Simão encontrara um jeito de dar uma machadinha para Eduardo trabalhar. Que bom homem era Simão! Henrique não disse que conhecia a machadinha; só perguntou:

— E o canivete também não serviu? Era um bom canivete...

Eduardo respondeu:

— Você levou o canivete...

Henrique protestou:

— Não levei, deixei-o espetado numa árvore para mostrar o caminho a você.

— Você está sonhando, Henrique. Em que árvore? Vamos ver...

Logo encontraram o canivete espetado num tronco, tal qual Henrique deixara. Comeram bananas que Eduardo guardara escondidas sob uns galhos; depois ele mostrou a Henrique a cama que arranjara debaixo de uma grande pedra. Quando anoiteceu, dormiram aí nesse lugar; mas Henrique não dormiu bem, acordou muitas vezes pensando em Simão e na gruta. Bem dissera Simão que ninguém acreditaria no que ele contasse. Era verdade.

No dia seguinte prepararam-se para voltar à fazenda; o rio estava calmo, mas a viagem ia ser difícil. Se conseguissem ao menos atravessar o rio e chegar a uma das margens, subiriam a pé depois até a fazenda.

Antes de partir Eduardo comeu umas raízes e disse a Henrique que comesse também; não era muito gostoso mas servia para matar a fome. Henrique experimentou, mas não conseguiu, lembrou-se da caverna e dos quitutes que Simão sabia preparar. Disse que preferia comer uns ingás que havia na beira do rio; Eduardo disse que ingá era uma fruta insignificante e não matava a fome; Henrique não respondeu, comeu alguns, encheu os bolsos com outros e preparou-se para pular na jangada. Arranjaram paus compridos para servirem de remos; esses paus ao menos serviriam para dirigir um pouco a embarcação.

Eduardo pulou primeiro, depois Henrique; a jangada começou a balançar sobre as águas; desamarraram a corda que a prendia e ela deslizou de leve rio abaixo. Então os dois meninos fizeram um grande esforço para que ela atravessasse o rio e fosse para a margem oposta; mesmo que aportassem longe da fazenda, encontrariam alguém que os guiasse por terra; sozinhos na jangada que não obedecia, iriam parar sabe Deus onde e seria perigoso.

Mas a correnteza estava forte e teimava em arrastar a jangada rio abaixo; Henrique começou a desesperar.

— Onde iremos parar? Desse jeito, vamos ficando cada vez mais longe da fazenda. Depois não poderemos voltar.

Eduardo esforçava-se para remar.

— Coragem, Henrique. Não vamos desanimar agora que estamos quase vencendo. Procure empurrar a jangada com o outro pau; ao menos serve de remo.

— Já tentei e não consegui; ela não obedece.

E os dois esforçavam-se para levar a jangada para a beira do rio, mas a jangada era puxada pela correnteza e ia descendo o rio, sem esperança de parar. Eduardo perguntou:

— Onde iremos parar assim? Ela vai nos levar para muito longe.

Henrique disse:

— O pior é esta água que começa a entrar por entre os paus; parece que a jangada vai se abrir.

— Qual o quê — disse Eduardo. — Eu prendi tudo muito bem com cipó; levei horas fazendo esse trabalho.

— Mas você não tem prática, Eduardo.

— Não tenho prática, mas fiz tudo muito bem-feito. Duvido que os cipós não estejam firmes.

— Decerto estão firmes, mas se ficarmos muito tempo assim, eles não aguentarão.

— Garanto que aguentam muito bem.

Felizmente naquele lugar o rio corria muito devagar, de modo que a jangada flutuava de manso e os dois meninos não perdiam a coragem. De vez em quando Henrique comia um ingá e oferecia a Eduardo, haviam trazido bananas para comerem mais tarde, se tivessem muita fome. Queriam economizá-las, pois não sabiam quanto tempo iriam ficar sem ter o que comer.

Foi quando os dois viram, quase ao mesmo tempo, uma embarcação que vinha em sentido contrário; era dirigida por três homens. A distância, não percebiam muito bem se eram três ou quatro homens. Os dois meninos ficaram de pé na jangada, mudos de espanto e alegria; estavam salvos.

Quando ficaram de pé, a jangada quase virou com eles; sentaram-se outra vez e Eduardo tirou o paletó e colocou-o na ponta do pau que servia de remo para que os homens vissem; Henrique pôs a mão no canto da boca e gritou com força:

— Socorro! Socorro!

Nada disso era preciso; os homens já haviam avistado a jangada, pois eram empregados da fazenda do Padrinho e havia oito dias não faziam outra coisa senão percorrer o rio à procura dos dois rebeldes. Padrinho estava noutro barco que passara horas antes.

No momento em que o barco se aproximou da jangada, todos viram com horror que os paus já estavam se desamarran-

Quando ficaram de pé, a jangada quase virou com eles.
Henrique começou a gritar por socorro.

do uns dos outros; mais meia hora e os meninos se afogariam no rio.

Bento estava entre os homens da fazenda; quando viu os meninos, foi falando logo:

— Xi! Na fazenda pensaram que vocês haviam morrido afogados. Estão todos assustados, ninguém tem dormido direito...

Auxiliaram os dois meninos a pularem para o barco; Eduardo, que havia construído a jangada, quis levar ao menos uns paus como lembrança, mas não conseguiu; ela se separou em duas partes e rodou pelo rio. Os homens queriam saber quem construíra e, quando Eduardo contou que fora ele sozinho, não quiseram acreditar, parecia impossível. Bento não parava de falar; disse que Henrique estava bem, mas Eduardo parecia muito magro; perguntou se haviam passado muita fome. Quando Henrique contou que comera muito bem na caverna de Simão, todos queriam saber quem era Simão; mas ninguém acreditou em Henrique. Os homens sorriam olhando uns para os outros, depois perguntaram se Henrique estivera com febre, pois era bem possível que ele tivesse tido febre esse tempo todo e tivesse sonhado.

Eduardo e Henrique sentaram-se no fundo da canoa, exaustos e famintos; a canoa foi subindo dirigida pelos empregados, que não cansavam de perguntar a respeito da ilha. Queriam saber onde haviam dormido e o que haviam comido. Henrique perguntou:

— Vocês não foram até a ilha? Por que não procuraram lá?

Os empregados contaram que haviam contornado a ilha várias vezes e até percorrido uma parte dela; haviam gritado pelos nomes deles e como não houvessem encontrado rasto, nem vestígio algum, tinham voltado.

Os meninos respondiam o que os homens perguntavam, e estavam ansiosos por chegar à fazenda; meia hora depois, avistaram a canoa em que vinham Padrinho e mais dois empregados. Eduardo e Henrique sentiam-se muito envergonhados do que haviam feito; baixaram as cabeças com vontade de chorar. Padrinho nem acreditou quando os viu; abraçou os dois meninos com ar meio zangado, dizendo que eles nunca deviam ter feito aquilo. Eduardo fez cara de choro e Henrique pediu logo desculpas. Padrinho continuou contando que o desaparecimento deles causara grande alvoroço na fazenda e que Madrinha estava inconsolável, chorava todos os dias. Contou também que duas canoas estavam sempre navegando rio abaixo e rio acima à procura dos dois; e toda a vizinhança dizia que eles se haviam afogado.

Padrinho levou à boca um apito e tocou demoradamente três vezes; depois disse que era para avisar Madrinha que eles estavam sãos e salvos.

Quando os barcos chegaram à vista da fazenda, viram Madrinha, Quico, Oscar, a cozinheira Eufrosina e outros empregados esperando na margem do rio; houve muitos abraços misturados com lágrimas e beijos. Voltaram juntos para casa; Oscar queria saber tudo de uma vez: onde eles haviam estado, por que haviam demorado tanto? Quando ele e Quico souberam que os dois haviam passado toda essa semana na Ilha Perdida, abriram a boca cheios de espanto. Oscar disse:

— Impossível!

Quico perguntou logo:

— Há gente morando lá?
Henrique respondeu:
— Há um homem muito bom chamado Simão...
Eduardo interrompeu:
— Mas eu não vi nada; Henrique é que esteve com ele.
Os dois pequenos, assim como Madrinha, ficaram sem compreender. Madrinha disse:
— Mas peço a vocês que nunca mais façam isso; desta vez nós perdoamos, nem mandamos contar aos seus pais em São Paulo. Mas quero que me prometam nunca mais deixar a fazenda sem um de nós.

Henrique e Eduardo prometeram solenemente e contaram o arrependimento que sentiam por terem ido para a Ilha Perdida sem contar nada a ninguém.

Madrinha censurou os dois meninos até chegarem à casa. Eduardo fez outra vez cara de choro, Padrinho disse:
— Está bem, agora vão tomar um banho que estão precisando, depois vamos conversar.

Tomaram banho com sabonete perfumado, depois jantaram muito bem, achando tudo delicioso, principalmente Eduardo, que só comera raízes e frutas. Os dois sentiam-se fracos e cansados; então Madrinha mandou-os para o quarto; precisavam dormir, dormir muito. Quico pediu:
— Mas nós queríamos saber hoje mesmo tudo o que aconteceu...
Padrinho disse:
— Deixe os dois descansarem bem; amanhã terão tempo de sobra para ouvir as aventuras.
Quico insistiu:
— Conte alguma coisinha, Eduardo. Por favor.
— Eu fiquei na prainha da ilha — disse Eduardo. — Henrique desapareceu e só apareceu ontem.
— Não diga! Onde ele andou?

Ficaram olhando para Henrique com ar admirado. Oscar falou primeiro:

— Henrique! Onde você esteve? Conte!

Henrique, que já estava na porta do quarto, voltou-se, para dizer:

— Estive morando na caverna de Simão.

Ninguém acreditou; pensaram que Henrique estivesse delirando e Madrinha pôs a mão na sua testa para ver se tinha febre. Depois falou:

— Está muito bem; amanhã você conta isso. Vá dormir.

13 *As histórias de Henrique*

No dia seguinte os dois meninos acordaram um pouco admirados por estarem novamente na fazenda dos padrinhos após tantos dias de ausência. Abriram a porta do quarto e avistaram Quico e Oscar andando de um lado para outro ansiosos por saberem as novidades. Foram todos tomar café; Padrinho e Madrinha apareceram na sala de jantar perguntando se haviam passado bem a noite e não haviam estranhado o colchão, pois há muitos dias não sabiam o que era dormir numa cama. Quico perguntou com a boca cheia de pão:

— Conte, Henrique. Onde você esteve? Não estiveram juntos?

Padrinho disse com voz severa:

— Antes de mais nada, quero dizer que vocês fizeram muito mal. Onde se viu tirar a canoa sem nossa licença? Quero que prometam nunca mais fazer uma coisa dessas.

Os dois disseram quase ao mesmo tempo:

— Prometemos, Padrinho. Nunca mais faremos isso, pode ficar sossegado.

Madrinha continuou:

— Não mandamos contar nada aos seus pais em São Paulo porque eles ficariam desesperados, mas passamos uma semana horrível sem saber o que havia acontecido. Nem dormimos direito, pois nossa preocupação era enorme.

Eduardo e Henrique tornaram a pedir desculpas aos padrinhos pelo mal que haviam causado e disseram que na véspera estavam tão tontos e cansados que nem sabiam o que diziam. Padrinho ainda fez um pequeno sermão sobre meninos desobedientes e terminou falando que daquela vez perdoava, mas que eles nunca mais caíssem noutra.

Depois do café com leite que os dois acharam uma delícia, Padrinho pediu que cada um contasse por sua vez o que havia acontecido. Eduardo falou primeiro e, quando contou que construíra a jangada sozinho e apenas com auxílio de uma faca e depois de uma machadinha encontrada por acaso, todos ficaram admirados e Quico quis saber de que jeito ele amarrara os paus.

Eduardo contou tudo bem direitinho e acabou de falar; então Henrique contou sua própria aventura; desde o momento em que ficara na prainha sozinho e aparecera um homem barbudo perguntando o que estava fazendo ali.

Padrinho perguntou muito admirado:

— O quê? Vive alguém na Ilha Perdida?

Então Henrique contou a história de Simão; de como ele vivia lá na ilha há quase vinte anos e dos bichos que viviam na sua caverna. Henrique percebeu logo que ninguém estava acreditando nas suas palavras; Madrinha olhou para Padrinho sem dizer nada; Quico e Oscar também ficaram de boca aberta. Madrinha perguntou meigamente:

— Não seria sonho, Henrique? Você não esteve doente?

— Não, Madrinha. Não sonhei, nem estive doente. Tudo isso é verdade.

Oscar perguntou:

— E os sapatos feitos de cipó? Por que não os trouxe para casa?

Quico disse:

— Eu queria ver a machadinha que você usava na cintura. Onde está?

Henrique respondeu:

— Simão não quis que eu trouxesse nada da ilha; quis que eu viesse do mesmo jeito que lá cheguei.

Voltou-se para o irmão e perguntou:

— Eduardo, onde está a machadinha que você achou na ilha?

— Não sei, ela estava com você.

— Comigo não, Eduardo. Quem estava com ela era você.

Ficaram tristes ao ver que nenhum deles trouxera a machadinha, uma das únicas ou a única lembrança da ilha. Henrique continuou a falar:

— Pois essa machadinha, que serviu para Eduardo construir a jangada, foi feita por Simão. Vi várias iguais na caverna.

Eduardo sacudiu a cabeça sem acreditar; depois perguntou:

— Então como é que ela foi parar na prainha?

— Não sei — disse Henrique. — Quem sabe Simão fez de propósito; deu um jeito de pôr a machadinha na prainha para ajudar você.

— Impossível — falou Eduardo.

Padrinho pediu:

— Está bem, Henrique, conte mais alguma coisa. Quais eram os bichos que viviam com Simão?

Henrique então falou sobre os micos e a oncinha; contou como Boni vivia no ombro dele e os Cinco o ensinavam a pular de galho em galho. Madrinha perguntou:

— E o que comiam na caverna, Henrique? Comiam frutas e raízes?

— Comíamos frutas, carne de capivara, ovos, peixe que Simão pescava. Laranjas, bananas, cocos, mamões, maracujás, ameixas, mangas, frutas-pão...

Arregalaram os olhos. Quico gritou:

— Como passavam bem!

Henrique sorriu e disse:

— Os micos comiam pão-de-ló...

Quico e Oscar pensaram que Henrique estava inventando demais; Henrique terminou:

— Vocês conhecem aquela fruta que tem um pó amarelo, jataí?

Todos sacudiram a cabeça dizendo que conheciam. Henrique continuou:

— Pois o jataí é chamado pão-de-ló-de-mico. Os miquinhos gostam muito.

Todos deram risada. Henrique tornou a falar:

— Há uma árvore na ilha que dá uma espécie de fava espinhuda; pois essa fava é chamada pente-de-macaco. Os micos se penteavam com essa fava quase todos os dias, cada um tinha a sua.

Quico perguntou com olhos arregalados:

— Um-Dois-Três-Quatro-Cinco precisavam pentear os cabelos?

Eduardo corrigiu:

— Não penteavam os cabelos, Quico. Penteavam os pelos. Mico tem pelo.

Oscar perguntou a Henrique:

— Então você sabe pular de galho em galho? Aprendeu com os micos? Vamos já tirar a prova!

Quico concordou:

— É mesmo. Se ele aprendeu com os micos, vai mostrar como é que mico faz. Vamos para o pomar.

Levantaram-se da mesa e foram; Eduardo também estava duvidando do irmão. Padrinho e Madrinha acompanharam; Bento apareceu com o rosto muito desconfiado e foi atrás deles. Chegando ao pomar, Henrique tirou os sapatos e as meias, como fazia na ilha; depois o paletó. Todos ficaram à volta dele esperando as proezas. Henrique deu um pulo e dependurou-se num galho da mangueira; experimentou saltar para outro galho, mas teve receio, então deixou-se cair ao chão. Escolheu outra árvore e outro galho; preparou-se todo e num pulo alcançou o galho. Quico gritou:

— Isso eu também faço...

— Psiu... — fez Padrinho. — Deixem Henrique sossegado.

Henrique ficou dependurado calculando a distância entre um galho e outro; de repente criou coragem e deu o pulo; quebrou-se o galho onde ele segurou e quase foi ao chão, Padrinho auxiliou-o a descer. Pela terceira vez ele tentou; dessa vez ficou suspenso no ar sem coragem para saltar; Padrinho tornou a auxiliá-lo. Madrinha olhou Padrinho e os dois sacudiram a cabeça duvidando das histórias de Henrique. Ele disse meio desanimado:

— Eu ainda estava aprendendo, Padrinho. Eu não disse que sabia, disse que os micos estavam me ensinando.

Madrinha disse:

— Está bem, está bem. E que mais? Aprendeu mais alguma coisa com Simão?

Henrique falou sobre a horta e o pomar. Contou que a fruta-pão viera de uma ilha do Pacífico. Bento, que escutava de um lado, perguntou:

— Então tinha horta também? Como é que temperava alface?

— Tinha outras coisas, mas alface não. Abóbora, batata-doce, cará, mandioca...

Oscar perguntou, duvidando sempre:

— E a fruta-pão? Você comeu? É como pão mesmo?

Henrique tornou a afirmar que comera; contou que dormiam na caverna sobre xales feitos de penas coloridas de aves. Qual! Ninguém acreditava. Uns achavam que ele sonhara, outros achavam que ele inventara isso tudo para fazer bonito. Quico disse:

— Você afirmou que Simão era bom para todos os animais. Então como é que ele matava as aves para tirar as penas?

— Ele não matava as aves — respondeu Henrique. — Essas penas eram encontradas no planalto quase todos os dias. Perto da gruta havia um planalto onde os pássaros e as aves vinham todos os dias visitar Simão. E deixavam aí uma porção de penas que Um-Dois-Três-Quatro-Cinco ajuntavam e guardavam na caverna para depois Simão fazer as cobertas.

— Hum! — resmungou Bento. —Tudo isso é bem esquisito...

Todos os dias era a mesma coisa; pediam a Henrique que contasse alguma história da Ilha Perdida e quando ele contava ninguém acreditava. Henrique já estava desanimado e pensando como fazer para que acreditassem nele.

14 Vera e Lúcia, Pingo e Pipoca chegam à fazenda

Na mesma semana chegou uma carta de São Paulo contando que Vera e Lúcia viriam passar as férias de dezembro na fazenda dos padrinhos. Houve grande alvoroço entre eles. Queriam saber se Pingo e Pipoca também viriam, mas isso ninguém sabia, a carta não dizia.

Passaram-se mais alguns dias em grandes preparativos; afinal as duas meninas chegaram acompanhadas pelos dois cachorrinhos. Quico ficou entusiasmado:

— Ih! Que farra!

Começaram as correrias pelo pomar, pelo campo, pelo riozinho. Organizaram pescarias onde quase ninguém pescava. Levantavam de madrugada para andar a cavalo. Henrique e Eduardo iam buscar os bezerrinhos no pasto. Pingo e Pipoca não sabiam o que fazer; era tanta folia que eles não tinham tempo nem para se coçar.

Tupi, o cachorro da fazenda, ficou desconfiado nos primeiros dias ao ver que Pingo e Pipoca eram mais queridos; depois não deu mais importância; já estava mesmo velho e só gostava de dormir. Dormia quase o dia inteiro; mas, à noite, ficava alerta tomando conta de tudo.

Vera gritava:

— Venha, meninada, venha brincar.

Chamava os cachorros de meninos; Lúcia chamava-os para outro lado. Henrique e Eduardo iam até a margem do Paraíba e queriam que os cachorrinhos fossem com eles. Os bichinhos pinoteavam para cá e para lá sem saber a quem seguir. Divertiam-se a valer.

Depois do jantar, a criançada sentava-se no terraço e conversava até a hora de dormir; Vera e Lúcia ficaram sabendo tudo a respeito da Ilha Perdida. Lúcia interessou-se muito pelos micos; queria saber como andavam, se tinham rabo comprido, o que faziam com o rabo quando dormiam. Vera queria saber se Lucas tinha chifres; Henrique respondeu que os veados que vivem nas florestas não têm chifres. Só os têm os que vivem nas planícies.

Durante horas e horas faziam mil perguntas a Henrique; queriam saber se ele gostaria de voltar à ilha; Henrique respondia que tinha vontade, mas era tão difícil, nem pensava nisso.

Muitas vezes, durante o dia, surpreendiam Henrique sentado no alto do morro contemplando a ilha lá embaixo, no meio do rio. Ele nada dizia, mas pensava com saudades em Simão e em todos seus companheiros da caverna.

As duas meninas pediram a Eduardo que fizesse uma jangada do mesmo jeito que ele havia feito na prainha da ilha, utilizando apenas a machadinha do Nhô Quim. Foram pedir a Nhô Quim que emprestasse a machadinha. Eduardo prometeu fazer a jangada; foram todos para a mata que havia na fazenda e Eduardo começou a trabalhar na presença de todos; mas ninguém auxiliava; sentaram-se à volta dele e ficaram olhando. Bento também veio espiar.

De vez em quando um perguntava:

— Foi assim que você fez?

Outro dizia:

— Mas assim os paus não ficaram seguros.

Quico pediu:

— Ninguém deve dar palpites. Vamos deixar Eduardo trabalhar.

Eduardo queixava-se de que naquela mata não havia cipós como na ilha; ali eram cipós duros que não torciam como ele queria. Davam risadas e caçoavam dos esforços que Eduardo fazia para construir a jangada. Tinham pressa que a jangada ficasse logo pronta para levá-la ao riozinho; queriam saber se ela navegava mesmo. Eduardo trabalhava o dia inteiro, mas o trabalho não progredia, ia muito devagar.

Padrinho sorria e dizia que a necessidade faz milagres; Eduardo fizera a jangada para se salvar, por isso não achara difícil; agora fazia por divertimento, por isso o serviço não progredia.

Um dia estavam todos no pomar quando Vera veio com a novidade; contou aos outros que ouvira Padrinho dizer a Madrinha que pretendia fazer uma excursão à ilha na semana seguinte. Quico e Oscar não acreditaram, disseram que achavam isso impossível. Eduardo achou a ideia esplêndida e queria saber se eles também iriam; então resolveram mandar Lúcia sondar.

Lúcia era a menor e podia disfarçadamente perguntar qualquer coisa a Madrinha: durante três dias Lúcia andou atrás de Madrinha sondando; mas nada descobriu.

Foi então que Oscar veio com outra notícia:

— Acho que vamos ter novidade; papai mandou pedir emprestada a canoa do Seu Viriato.

Seu Viriato era um fazendeiro vizinho. Ficaram excitados.

— Então é verdade! Padrinho está projetando uma excursão à ilha!

Quando a canoa do Seu Viriato foi amarrada à margem do rio, nas terras da fazenda, ninguém perguntou nada a Padrinho, mas cada um por sua vez foi espiar. Lúcia foi mandada em primeiro lugar; chamou Pingo e Pipoca e foi examinar a canoa. Voltou desapontada, dizendo que decerto Padrinho ia sozinho, a canoa era muito pequena. Durante dois dias, cada um deles ia até o lugar onde estava a canoa, espiava e voltava dizendo que tudo ia na mesma, não havia novidade.

De repente a excitação das crianças aumentou; viram Padrinho mandar buscar outra canoa, desta vez era uma espécie de barco, onde cabiam muitas pessoas. Quando o barco chegou, ficaram duas noites sem dormir direito. Iriam mesmo à Ilha Perdida?

15 *A expedição*

Afinal dias depois, à hora do almoço, Padrinho falou:
— Quem quer ir comigo à ilha? Quem quiser, levante a mão direita.

Os seis levantaram a mão imediatamente e Padrinho deu risada, depois explicou:
— Estou preparando tudo para fazer uma visita a Simão, o amigo de Henrique. Vamos todos no barco e Bento e Tomásio vão na canoa levando mantimentos e barracas. Conforme for, dormiremos uma noite na ilha, vamos descobrir o homem barbudo.

Vamos descobrir o mistério da ilha que por enquanto só Henrique conhece.

Foi um sucesso. Desse dia em diante não se falou nem se pensou noutra coisa a não ser na excursão. Só Henrique ficou tristonho, Simão não queria que o descobrissem; ao mesmo tempo lembrou-se das palavras dele:

— Podem vir, ninguém me encontrará.

Passaram mais uns dias em preparativos; Vera e Lúcia prepararam as calças compridas e as blusinhas; Madrinha tratava das coisas que levariam. Arranjava cestas com latas de presunto, patê, compotas. Amarrava frigideiras, panelas, garrafas para água, copos de papelão, roupas para os meninos, meias.

Padrinho arrumava numa caixinha de injeções contra picadas de cobra, vários remédios contra gripe, cortes, queimaduras. Todos se sentiam animados e satisfeitos com a aventura, que seria uma verdadeira expedição.

Escolheram uma quinta-feira e, na madrugada desse dia, prepararam-se para embarcar; levariam os dois cachorrinhos, pois eles poderiam prestar bons serviços na ilha. Levaram também uma cestinha com ovos cozidos, vários quilos de linguiça e uns pacotes de manteiga que Eufrosina lhes deu à última hora para reforçar a matula feita por Madrinha.

Madrinha despediu-se deles no terraço da casa, desejando que fossem felizes na excursão. Ainda estava escuro quando a caravana desceu o morro a caminho do lugar onde estavam amarrados o barco e a canoa. Embarcaram com coragem e animação. Assim que os barcos começaram a descer o rio, o sol surgiu no horizonte e Henrique e Eduardo lembraram-se do dia em que haviam fugido, umas semanas antes; fora numa madrugada como aquela.

Navegaram durante umas horas e os barcos deslizaram pelo rio levando o bando de crianças ansiosas pela aventura na ilha; queriam conhecer Simão e ver a caverna onde Henrique morara durante oito dias. Mas no íntimo não acreditavam nem na existência de Simão, nem na da caverna, nem em nada do que Henrique contara.

Quando avistaram a ilha, deram gritos de alegria; os cachorros latiram. Padrinho perguntou:

— De que lado ficará a prainha? Vamos desembarcar na prainha onde Eduardo construiu a jangada.

Eduardo e Henrique não souberam explicar de que lado ela ficava; tinham ido parar nela por acaso e não sabiam agora descobri-la. Quando Henrique viu outra vez a ilha de perto, com suas palmeiras e coqueiros, suas grandes árvores, seu ar de mistério, sentiu o coração pulsar fortemente. Com certeza Simão estava nesse momento no ponto mais alto da ilha, olhando os barcos que se aproximavam. E a telegrafia sem fio estaria trabalhando entre os animais; todos estavam avisando uns aos outros do perigo que se aproximava. Os animais haviam de se esconder e Simão desapareceria nalgum lugar misterioso que ninguém descobriria.

Padrinho resolveu encostar os barcos em qualquer ponto da ilha, pois já era tarde e estavam com fome; a prainha não fora encontrada.

Todos desembarcaram; Bento e Tomásio começaram a preparar as panelas para o almoço; as crianças foram fazer uma excursão pelos arredores juntamente com Padrinho. De repente ouviram o grito de Bento:

— O almoço está na mesa!

Voltaram dando risada, pois não havia nem sombra de mesa; sentaram-se no chão e, com os pratos de papelão nas mãos, comeram linguiça com ovos e pão. Depois comeram pessegada e tomaram café feito pelo Bento. Deitaram-se um pouco depois do almoço, depois Padrinho disse:

— Vamos então dar umas voltas.

Penetraram na mata e caminharam abrindo caminho entre cipós e folhagem cerrada; Padrinho e Tomásio iam na frente, depois as crianças e atrás seguia Bento com uma grande faca de cozinha entre as mãos. Os cachorros pulavam de um lado para outro, entusiasmados com o passeio. De vez em quando, Padrinho parava e perguntava, indicando uma árvore ou uma rocha:

— Não reconhece este lugar, Henrique?

Henrique sacudia a cabeça; não estava reconhecendo nada, nem árvores, nem pedras. Parecia nunca ter passado por ali; quando um dos cachorros parava e latia para uma moita, iam espiar o que havia. Às vezes era um coelho ou uma raposa que se escondiam ou saíam correndo aos pinotes pelo mato adentro. Assim andando, foram parar num rochedo muito alto; contornaram o rochedo e desceram o caminho que havia atrás dele. Era uma espécie de trilho existente atrás das pedras. O caminho era batido e Padrinho disse logo:

— Muitos bichos passam por aqui, vejam como a terra está pisada.

Henrique falou:

— Os bichos vão tomar água no riozinho que há lá embaixo, Padrinho. É uma nascente com água muito pura.

Padrinho parou para olhar Henrique:

— Como é que você sabe que há uma nascente lá embaixo?

Todas as crianças olharam Henrique quando ele respondeu:

— Eu vim aqui um dia com Simão e Boni; foi no dia em que a veadinha morreu. Eu me lembro que paramos, descemos este caminho e bebemos água no riozinho. É um lugar cheio de avencas e samambaias.

Desceram correndo para ver se de fato havia a nascente que Henrique falara; lá estava ela entre samambaias muito verdes e avencas que caíam em pencas nas margens. Padrinho ficou pensativo; tornou a perguntar:

— Então vocês passaram por aqui, Henrique?

— Passamos, sim, senhor.

— Nesse caso, você sabe o caminho da gruta.

— Não sei, Padrinho. Depois que saímos daqui, fomos diretamente para o bosque de pinheiros. Quando voltamos de lá, fomos para a gruta sem passar por aqui.

Ficaram durante algum tempo examinando o lugar, tomaram água fresca e voltaram subindo outra vez por trás do rochedo.

Depois de caminharem mais de uma hora pelo meio da mata sem encontrar nada, Padrinho resolveu voltar para o lugar onde haviam ficado os botes; já era tarde e ainda tinham que preparar o jantar e armar as barracas para passarem a noite. Voltaram pelo mesmo caminho, todo marcado com galhos quebrados e cortes de faca nos troncos; esses cortes haviam sido feitos de propósito para evitar que se perdessem e assim pudessem chegar ao lugar onde haviam desembarcado pela manhã.

Trataram imediatamente de armar duas barracas, todas as crianças auxiliaram; depois comeram o jantar preparado por

Bento. A noite caiu rapidamente. Padrinho chamou todos para dentro das barracas, não queria que ninguém ficasse fora.

Uma vela ficou acesa até mais tarde enquanto os mais velhos conversavam; os cachorros deitaram-se ao lado de Vera e Lúcia e dormiram no mesmo instante; mas era um sono leve, pois a todo o momento abriam um olho e davam uma espiada para os lados. Se ouviam um barulhinho qualquer, ficavam alertas, as orelhas espetadas, esperando alguma coisa.

Quico e Oscar ficaram na mesma barraca com Vera, Lúcia e Padrinho; na outra, ficaram Bento, Tomásio, Henrique e Eduardo. Às dez horas todos estavam dormindo. Apesar de ser verão, a noite estava muito fresca. Haviam levado oleados para serem usados caso chovesse na ilha, mas naquela noite não choveu.

Já estava chegando a madrugada quando Henrique ouviu uma espécie de assobio; lembrou-se que os micos assobiavam assim. Levantou-se sem fazer barulho, arrastou-se para fora da barraca e espiou à volta; havia uma mancha no céu, era o sol que já vinha surgindo. O rio corria manso e uma leve brisa passava entre o arvoredo. Pingo estava fora da barraca olhando para todos os lados, um ar desconfiado, decerto também ouvira alguma coisa. Henrique chamou baixinho:

— Pingo! Pingo! Vem cá!

O cachorro aproximou-se amistosamente e Henrique segurou-o pelo pescoço dizendo:

— Quieto! Vamos ver o que há!

Olhou as árvores próximas, olhou as moitas, procurou por todos os lados acompanhado por Pingo e não viu nada; mas tinha certeza de que ouvira o assobio e não se enganara. O cachorrinho também procurava como se quisesse descobrir alguma coisa escondida na folhagem. Não seria Boni que estava por ali espiando? Chamou:

— Boni!

Nada. Pingo levantava o focinho e suas narinas aspiravam o ar; Henrique entrou na mata e chamou Pingo; caminharam juntos procurando por todos os lados; Henrique subiu numa das árvores, pois parecia que a folhagem movia-se lá em cima. Chegou até quase ao alto sem nada encontrar; Pingo, vendo-o desaparecer entre os galhos, começou a latir como que o chamando. Henrique desceu outra vez e escutou; ralhou com o cachorrinho; só ouviu o vento sussurrar entre os ramos e o barulhinho do rio que passava sem cessar.

    Voltou para a barraca ainda procurando; foi então que encontrou uma casca de banana no chão. Como não tinham levado banana para a ilha, isso significava que alguém estivera por ali; ou Simão, ou um dos micos. Decerto tinham vindo espiá-los enquanto dormiam. Guardou a casca de banana no bolso. Quando chegou à beira do rio, viu Bento procurando lenha para fazer fogo; disse que ia preparar um bom café. Todos já estavam se levantando e Pipoca vinha saindo da barraca, todo sonolento, atrás de Vera. Espreguiçou-se e foi beber água no rio. Vera e Lúcia debruçaram-se na margem para lavar os rostos; disseram que haviam dormido muito bem. Queriam saber o que Henrique fora fazer na mata tão cedo, só com Pingo. Henrique não mentia; contou que ouvira um assobio e fora verificar o que era; encontrara então a casca de banana. A casca passou de mão em mão; era de uma qualidade de banana que não existia na fazenda; Bento chegou a cheirar a casca dizendo que o cheiro era de banana selvagem. Padrinho examinou-a sem dizer nada.

    Depois de terem lavado os rostos e escovado os dentes, Padrinho chamou-os para o café com leite; Madrinha pusera uma lata grande de leite condensado na cesta. Comeram bolachas e queijo.

    Guardaram tudo novamente e prepararam-se para outra excursão através da ilha.

16 *Henrique sente saudades*

Eram sete horas da manhã quando se embrenharam na floresta; enquanto iam andando, deixavam sinais de sua passagem para saberem voltar.

Encontraram orquídeas, viram serelepes pulando entre os galhos, subiram em árvores bem altas para observar os arredores. Assim caminhando, foram dar na prainha.

Eduardo deu gritos de alegria quando reconheceu o lugar onde ficara sozinho durante uma semana construindo uma pobre jangada apenas com a machadinha e uma faca. Correu e mostrou o pé de ingá, cujos galhos estavam dependurados na margem do rio; mais adiante mostrou uma touceira de bananeiras; infelizmente naquela ocasião não havia bananas.

Mostrou a pedra que servia de abrigo quando chovia e sob a qual ele dormia. Reconheceu as árvores, das quais tinha cortado os galhos para fazer a jangada.

Ficaram muitas horas na prainha e resolveram almoçar naquele lugar; Bento fez fogo para o café. Depois do almoço, que haviam levado em cestas, andaram ainda ali por algum tempo procurando mais alguma coisa; Henrique então mostrou o lugar onde estivera sentado no momento em que Simão aparecera pela primeira vez.

Mostrou também o lugar onde entrara na mata acompanhando Simão; lembrava-se da árvore onde deixara o canivete cravado para que o irmão visse quando voltasse.

Todos entraram na mata acompanhando Henrique; ele andava na frente mostrando o caminho que estava reconhecendo. Seria incapaz de levar a turma até a caverna de Simão, mesmo que soubesse o caminho. Sabia que isso perturbaria seu amigo e não queria aborrecê-lo. Depois de algum tempo de marcha, parou dizendo que não sabia mais o lugar por onde andara com Simão, olhou de um lado para outro dizendo que se perdera, não sabia mais nada.

Resolveram então voltar. Como esse lugar era muito cerrado, um andava atrás do outro, em fila indiana. De repente, pan! Henrique sentiu uma pancadinha na cabeça; olhou para cima e não viu nada. Apenas uma bolota que lhe caíra na testa. Mais adiante, pan! Outra pancadinha; tornou a olhar para cima. Nada. Apenas uns galhos que se moviam lá no alto. Seriam seus amigos, os micos, que estavam com brincadeiras? Ouviu a voz do Bento gritar lá na frente:

— Ih! Já levei duas pancadas no coco. Não sei o que será!

Nesse instante Lúcia deu um gritinho:

— Xi! Eu também. Levei uma coisinha na ponta do nariz!

Todos começaram a rir. Pararam e olharam para cima, não havia nada. Tudo era silêncio na floresta. Continuaram a andar; Eduardo gritou:

— Eh! Agora é comigo. Levei uma na cabeça. O que será?

Henrique assobiou da maneira que os micos assobiavam; um outro assobio respondeu longe, depois outro e outro. Henrique sentiu saudades deles. Gritou com animação:

— São eles! São eles! Um-Dois-Três-Quatro-Cinco! Onde vocês estão? Venham dar um abraço! Sou Henrique! Como vai Simão? E Boni? E Lucas?

Todos ficaram parados, esperando. Vera estava até comovida esperando conhecer os amigos de Henrique; Lúcia teve um pouquinho de medo e chegou-se para perto de Padrinho. Henrique continuava a chamar; ouviram movimento nas folhas das árvores; todos esperavam ver a turma de micos aparecer de repente, mas nada apareceu. Apenas o barulho do vento entre a folhagem. Henrique tornou a chamar com delicadeza. Nada. Eduardo aconselhou:

— Henrique, fique sozinho atrás de todos e você vai ver como eles aparecem só para você.

Henrique parou no meio do caminho enquanto os outros continuaram; mas percebeu que o irmão, os primos e Bento voltaram disfarçadamente e esconderam-se por trás dos troncos das árvores. Henrique tornou a chamar e a assobiar; nenhum mico apareceu. Ele sabia que os amiguinhos não apareceriam enquanto os outros estivessem ali esperando.

    Resolveram continuar a marcha. Mais adiante Bento gritou esfregando a cabeça:

— Oh! Bichinhos danados. Jogaram com toda a força outra bolota no meu coco!

Novas risadas. Vera e Lúcia também levaram bolotadas na cabeça; olharam para cima e não viram nada. Os cachorrinhos latiam sem saber o que estava acontecendo. Quando deixaram a mata e chegaram à margem do rio, viram que o tempo havia se transformado completamente. Havia nuvens negras que ameaçavam chuva. Padrinho disse:

— Vamos nos preparar que a chuva vem mesmo. E é das boas!

    Bento e Tomásio prepararam rapidamente o jantar. Enquanto jantavam o vento tornou-se tão forte que parecia querer levar as barracas; tiveram que amarrá-las de novo com cordas dobradas. Trovões fortes reboaram no céu e tudo escureceu. Correram para dentro das barracas, onde acabaram o jantar; e as primeiras gotas de água começaram a cair lá fora. A chuva caiu torrencialmente durante quase toda a noite e ninguém pôde dormir muito bem.

Vera queixou-se de uma goteira na cabeça; Lúcia ficou impressionada com a enxurrada que atravessava o chão da barraca. Quico espiou para fora, e, ao clarão de um relâmpago, disse que viu "as árvores curvarem-se quase até o chão por causa do vento".

Henrique passou a noite pensando em voltar um dia sozinho à ilha, pois assim, com tanta gente, não veria seus amigos; nem Simão, nem os bichos. Mas como voltar sozinho? Daria um jeito; tinha saudades dos seus companheiros de caverna, mesmo dos que não falavam. Eram bons amigos, leais e sinceros.

O dia seguinte amanheceu quente e bonito, mas nova chuva ameaçava cair à tarde; Padrinho resolveu voltar para a fazenda. As crianças protestaram; queriam ficar mais um dia ou dois; queriam brincar com Boni, ver Simão, brincar com Um-Dois-Três-Quatro--Cinco. Padrinho prometeu voltar em outra ocasião, deu ordem para desmanchar o acampamento, no que todos auxiliaram.

Dobraram camas de campanha, guardaram vasilhas nos sacos, empacotaram o pano das barracas e colocaram tudo nos barcos. Antes de deixar a ilha, deram ainda um pequeno passeio pelos arredores; a mata estava muito molhada devido à chuva e escorregavam a todo o momento. Quico levou um tombo e bateu o nariz num galho de árvore. Vera e Lúcia ficaram com lama até nas blusas. Padrinho disse:

— Voltaremos outra vez sem ser tempo de chuva. Vejam como estão bonitos, enlameados desse jeito!

Colheram algumas flores para Madrinha; Henrique dizia consigo mesmo: "Um dia voltarei sozinho".

Entraram nos barcos de volta à fazenda; quando as canoas contornaram a parte sul da ilha, pareceu a Henrique ver um braço se agitando na direção dos barcos, numa das árvores mais altas da ilha. Quico e Oscar disseram quase ao mesmo tempo:

— Se Simão vivesse mesmo na ilha, ele viria ver-nos. Decerto ele já foi embora.

Henrique ficou olhando para aquele ponto onde parecera ver um braço se agitando durante algum tempo.

Henrique ficou olhando para aquele ponto onde parecera ver um braço se agitando durante algum tempo, enquanto coçava a cabeça de Pipoca; depois levantou também o braço num gesto de adeus e gritou bem alto, apesar de saber que Simão não poderia ouvir:

— Até um dia, Simão!

Você vai gostar de ler estes outros livros da Série Vaga-Lume Júnior

Pacto de sangue
Fanny Abramovich

No rastro dos caçadores
Sean Taylor

O menino que adivinhava
Marcos Rey

Na mira do vampiro
Lopes dos Santos

Catarina Malagueta
Cristina Porto

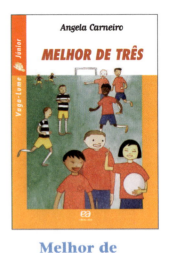

Melhor de três
Angela Carneiro

Ana Pijama no País do Pensamento
Jô Duarte

Por trás das portas
Fanny Abramovich

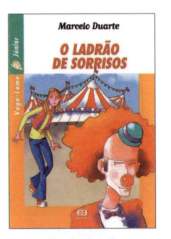

O ladrão de sorrisos
Marcelo Duarte